Een lijk in de kast

BAANTJER & DE WAAL

Een lijk in de kast

Lebowski Publishers, Amsterdam 2010

Omslagontwerp: Evert Jan Hielema / XLent Hilversum
Omslagfoto: Frans Lemmens / Getty Images
Typografie: Michiel Niesen, ZetProducties, Amsterdam
Foto auteurs: Kenny Nagelkerke

ISBN 978 90 488 0483 2
NUR 331

www.baantjerendewaal.nl
www.simondewaal.nl
www.lebowskipublishers.nl

Lebowski Publishers is een imprint van Dutch Media Uitgevers bv

Mixed Sources
Productgroep uit goed beheerde bossen, gecontroleerde bronnen en gerecycled materiaal.
FSC www.fsc.org Cert no. SGS-COC-003091 © 1996 Forest Stewardship Council

lebowski
Dit boek is ook leverbaar als e-book: 978 90 488 0484 9

Hoofdstuk 1

Peter van Opperdoes, de al wat oude rechercheur van het politiebureau Raampoort, gelegen aan de rand van de veelbezongen Jordaan in Amsterdam, trok de onderste lade van zijn bureau rechts van hem open, hield zijn knieën iets omhoog en plaatste zijn beide voeten op een stapeltje papieren bescheiden, oude zaken die hij nog in behandeling had. Het was geen oneerbiedig gebaar. De zaken hadden zijn aandacht, zijn volle belangstelling, maar met zijn beide voeten in die onderste lade voelde hij zich ontspannen en nam de rust bezit van zijn oude, maar nog vaak onstuimige hart.

Hij keek vanaf zijn zitplaats naar een foto van zijn vrouw links van hem, in een goudkleurig lijstje. Sinds haar dood had hij die foto een ereplaatsje op zijn bureau gegeven. Hij kon haar in feite niet missen en dat hij ook tegen Onze-Lieve-Heer gezegd, maar die had niet naar hem geluisterd en haar bruut van hem weggenomen. Het vreemde was dat hij het contact met zijn overleden vrouw nooit had verloren. Hoewel hij de dood als een absoluut gegeven erkende, had hij haar aanwezigheid rondom hem steeds ervaren als een realiteit. Naar zijn vaste overtuiging was zij er nog steeds... zonder gedaante... maar toch, soms zelfs storend nabij.

Hij keek op de foto naar haar lachende mond. Toen die even leek te bewegen voelde hij een schok.

'Er is een jonge vrouw naar je onderweg,' sprak ze vriendelijk. 'Je zult haar wel mooi vinden. Ik ken jouw voorkeuren namelijk. Lang, blond en met grote, intrigerende ogen van een soort fluorescerend blauw... blauw als het water van een verstild, onpeilbaar diep meer.'

Peter van Opperdoes tilde zijn knieën iets omhoog en haalde zijn voeten uit de onderste lade van zijn bureau. Hij boog zich dichter naar de foto van zijn vrouw.

'Je bent lyrisch.'

'Ik schat in hoe jij op haar zult reageren. Beschouw het als een waarschuwing. Ik wil niet dat jij je onderdompelt in de betovering van haar schoonheid... en verdrinkt.'

Peter van Opperdoes lachte.

'Ik ben slechts eenmaal verdronken... door jou.'

'Dit kan de tweede keer worden.'

'Je bent toch niet jaloers?'

'Dat begrip kennen we in de hemel niet. Ik zag die jonge vrouw... aarzelend, weifelend... in gedachten verzonken lopen op de Marnixstraat in de richting van bureau Raampoort... jouw politiebureau. Ik weet dat jij daar op dit moment dienst hebt. Daarom heb ik contact met haar gezocht.'

'Je was nieuwsgierig?'

'Ja.'

'Hoe zocht je contact met haar?'

In haar stem klonk een lichte hoon. 'Jij begrijpt nog weinig van ons lusthof... van ons verheerlijkt hemelrijk. Wij worden niet door stomme aardse begrippen beheerst. Wij kennen geen verleden en geen toekomst... alleen het ultieme moment, dat wij er willen zijn.'

Peter van Opperdoes knikte.

'Zoals jij... nu.'

'Precies.'

Haar stem klonk verder weg. 'Wij hebben geen primitief telefoontoestel nodig om met iemand in contact te komen... ook geen geavanceerd gsm'tje. Ik behoef maar aan iemand te denken en zijn of haar gedachten liggen onbedekt voor mij open.'

Peter van Opperdoes strekte zijn hand naar haar portret. 'Wat komt die jonge vrouw doen?'

In haar stem weerklonk een glimlach. 'Zoek dat uit. Daarvoor zit je hier toch?'

Peter van Opperdoes voelde zich wat onrustig. Het antwoord van zijn dode vrouw beviel hem niet.

'Wat komt die jonge vrouw doen?' Hij herhaalde zijn vraag gehaast, opgewonden. Zijn ietwat bevende hand raakte het lijstje om haar portret. Het viel om. Haar gezicht klapte op het blad van zijn bureau en haar stem viel weg.

Op dat moment werd er op de deur van de recherchekamer geklopt... luid, indringend.

Peter van Opperdoes kneep even zijn beide ogen dicht en drukte zijn emoties weg. Toen riep hij: 'Binnen!'

Zijn stem had een benauwde klank.

Ze was zo mooi als zijn vouw hem had geschetst: slank, rijzig, met lang goudblond golvend haar dat tot op haar schouders reikte. Ze droeg een nauwsluitende spijkerbroek met een zachte roze blouse, die de schoonheid van haar buste accentueerde. Aan haar rechterhand, achteloos, bungelde een zwart leren handtasje.

Van Opperdoes zuchtte diep. Haar feeërieke verschijning had hem even de adem ontnomen.

Voor zijn bureau bleef ze staan.

'U, eh, u bent rechercheur Van Opperdoes?'

Haar stem had een zwoele ondertoon.

De oude rechercheur knikte.

'Dat klopt.'

'U hebt vroeger aan de Warmoesstraat gewerkt?'

Van Opperdoes knikte opnieuw.

'Ook dat klopt.'

Hij gebaarde naar de stoel naast zijn bureau. 'Neemt u plaats.'

Ze verschoof de stoel iets verder van het bureau, ging zitten en sloeg haar lange benen over elkaar. Daarna zette ze haar tasje op haar schoot, zocht even tussen de inhoud en haalde er een sleutel uit.

'Moeder zegt dat ik die het beste aan u kan geven,' sprak ze verduidelijkend. Ze legde de sleutel op het randje van zijn bureau. Met de gestrekte wijsvinger van haar rechterhand schoof ze de sleutel dichter naar hem toe. 'Ik trek daar absoluut niet in.'

Het klonk als een onherroepelijk besluit.

Van Opperdoes spreidde zijn handen.

'Waar niet in?'

'In die woning.'

Van Opperdoes leunde iets achterover en keek haar aan. Haar ogen hadden inderdaad een bijzondere uitstraling. Ze veranderden in een fractie van een seconde van bijna kleurloos naar diep helder blauw.

'Ik ben soms een beetje traag van begrip,' sprak hij verontschuldigend. 'U brengt mij de sleutel van een woning, die u niet wilt betrekken?'

'Ja.'

'Waarom?'

'Omdat mijn moeder niet wil dat ik door die verdomde sleutel in moeilijkheden kom. "Ga maar naar rechercheur Van Opperdoes. Die heeft mij vroeger vaak geholpen als ik door een stommiteit in de problemen was gekomen," zei ze.'

Van Opperdoes fronste zijn voorhoofd. 'Wie is uw moeder?'

De jonge vrouw aarzelde even. 'Annetje van Tiggelen... Mooie Annetje.'

'Ach, is zij je moeder? Die ken ik natuurlijk goed.'

Van Opperdoes liet zijn blik over haar gelaatstrekken glijden en zocht naar sporen van een gelijkenis tussen moeder en dochter.

'Dan eh, ben jij Charlotte... haar dochter... haar enig kind.'

De jonge vrouw knikte. 'Ik draag de naam van mijn moeder. Mijn vader heb ik nooit gekend.'

Van Opperdoes glimlachte. 'Ik ken het verhaal van jouw moeder... zoals ik zoveel verhalen uit die buurt ken. Ze heeft jou al kort na je geboorte ondergebracht bij een, zo noemde zij dat, een supernette familie. In die familie ben je grootgebracht. Jouw moeder heeft wel alle kosten voor jouw hele opvoeding aan die nette familie vergoed, en is later in de prostitutie gegleden om jou te kunnen laten studeren. Ze was erg trots op je, omdat je het op de universiteit zo geweldig goed deed.'

Hij zweeg even, nadenkend.

'Ik weet alleen niet meer wat je studeerde.'

'Eerst rechten. Later nog psychologie. Daar heb ik mijn beroep van gemaakt.'

Peter van Opperdoes glimlachte opnieuw. 'En met jouw opleiding en kennis kom je mij de sleutel brengen van een woning die je niet wilt betrekken?'

Charlotte van Tiggelen knikte. 'Op aanraden van mijn moeder. Ze heeft een grenzeloos vertrouwen in u.'

Van Opperdoes kauwde even op zijn onderlip. 'Heb je

een huurcontract ondertekend of bindende afspraken gemaakt?'

Charlotte schudde haar hoofd. 'Absoluut niet.'

Van Opperdoes wees naar het blad van zijn bureau. 'Hoe kom je aan die sleutel?'

Charlotte maakte een hulpeloos gebaar. 'Een innerlijke dwang. Ik wilde graag in de Jordaan wonen... in de buurt van een paar dierbare vriendinnen. Ik had me ingeschreven bij een makelaar die een aantal woningen in de Jordaan beheert. Hij belde mij vanmorgen en zei dat er een woning was vrijgekomen in de Tweede Goudsbloemdwarsstraat... drie kamers en een douche. Dat leek mij wel wat.'

Ze gebaarde naar de sleutel op het bureau van de oude rechercheur.

'Ik heb die huissleutel op zijn kantoor opgehaald en ben opgewekt op pad gegaan om die woning te bekijken.'

Charlotte van Tiggelen zweeg. Haar gezicht werd ineens bleek en alle kleur trok uit haar ogen.

'Toen ik deur van de woning had geopend,' ging ze met een brok in haar keel verder, 'struikelde ik bijna over de lichamen van twee, zo leek het mij, nog jonge mannen. Ze lagen op hun buik... waren dood... morsdood.'

Van Opperdoes nam een kleine rustpauze om haar tijd te gunnen voor herstel. 'Je raakte in paniek?'

Charlotte schudde haar hoofd. 'Integendeel. Een soort ijzige kilte overspoelde mij. Ik stapte over de lijken heen en belandde vandaar in een morsige keuken met vuile vaat op het aanrecht. Heel beheerst pakte ik mijn mobieltje uit mijn tasje en belde mijn moeder.'

Van Opperdoes keek haar bewonderend aan. 'Knap. Heel knap bij zo'n ervaring.'

Hij pauzeerde opnieuw.

'Toen jij over die beide mannen heen stapte,' ging hij na enige tijd verder, 'heb je toen verwondingen bij hen aangetroffen... waargenomen... uiterlijk? Waren er bloedsporen?'

Charlotte fronste haar voorhoofd. 'Ze hadden beiden iets achter in hun nek... een kleine wond net onder de haargrens.'

'Een nekschot?'

Charlotte haalde haar schouders op. 'Het is uw vak.'

Van Opperdoes knikte wat onzeker. 'Hoe reageerde je moeder?'

Charlotte maakte weer een kleine schouderbeweging. 'Relaxed... simpel... alsof het de gewoonste zaak van de wereld was... Ze raadde mij aan om niets aan te raken, de deur van de woning weer af te sluiten en op pad te gaan naar het politiebureau Raampoort. Ze wist blijkbaar dat u daar op dat moment dienst had.'

Van Opperdoes boog zich iets naar haar toe. 'Je hebt niet de makelaar gebeld, van wie je de sleutel van die woning had gekregen?'

'Nee.'

'Iemand anders?'

Charlotte schudde haar hoofd en glimlachte. 'Ik heb mij als een gehoorzaam kind gedragen en ben naar u gestapt... zonder omwegen.'

Van Opperdoes knikte begrijpend.

'Zijn jou... behalve de morsige keuken met vuile vaat op het aanrecht... verder nog bijzonderheden in die woning opgevallen?'

Charlotte staarde even voor zich uit en schudde haar hoofd. 'Nee. Ik ben ook niet verder geweest dan de keuken. De twee lijken pal voor mij in die smalle hal bij de deur begonnen mij te benauwen.'

'Begrijpelijk.'

Charlotte spreidde haar handen. 'Ik zag hen ineens als een obstakel... een belemmering... om uit de woning weg te kunnen komen. Ze waren voor mij in ieder geval geen aanleiding om daar nog veel langer te blijven.'

Haar opmerking deed Van Opperdoes glimlachen. 'Het werd een vlucht.'

Charlotte knikte. 'Zo kun je het noemen.' Ze gebaarde naar haar rechterbeen. 'Maar voor ik wegging heb ik met de punt van mijn schoen nog even tegen de heupen van die twee geschopt... zachtjes. Ze reageerden niet.'

'Ze waren echt dood.'

'Precies.'

Peter van Opperdoes kwam uit zijn stoel overeind. Hij pakte de sleutel van zijn bureau en reikte die Charlotte van Tiggelen aan.

De jonge vrouw reageerde verschrikt. 'Wat moet ik met die sleutel?'

Van Opperdoes glimlachte. 'Mij straks voordoen hoe je met deze sleutel die woning bent binnengestapt.'

'We gaan daarheen?'

Van Opperdoes knikte. 'Ja, wij samen. Ik zal toch ter plaatse een onderzoek moeten instellen.' De oude rechercheur lachte jongensachtig. 'Een dubbele moord kan ik moeilijk negeren. Het is alleen jammer dat Jacob, mijn jonge steun en toeverlaat, nog niet van vakantie terug is. Maar op hem kunnen we nu niet wachten.'

Ze verlieten de recherchekamer, stapten het bureau Raampoort uit en wandelden via de Westerstraat naar de Tweede Goudsbloemdwarsstraat. Voor nummer 302 bleven ze stilstaan.

Van Opperdoes keek langs de gevel omhoog.

'Welke verdieping?'

'De derde.'

Van Opperdoes bromde. 'Het is altijd de derde verdieping.'

Hij duwde de straatdeur open en besteeg moeizaam de houten trap. De leuning rechts was vies en kleefde. Charlotte kwam achter hem aan. Voor de deur van de woning wachtte Van Opperdoes tot ze naast hem stond.

'Maak maar open.'

Ze pakte de sleutel en draaide de deur van het slot. Daarna deed ze de deur open en bleef stijf van schrik staan. Haar mond viel open.

'Ze zijn er niet... ze zijn er niet... ze zijn weg!'

'Die twee lijken?'

Charlotte knikte. Haar gezicht zag bleek. Ze wees voor zich naar de vloer.

'Hier lagen ze... naast elkaar... iets meer dan een meter van de deur.'

Van Opperdoes kauwde even op zijn onderlip.

'Dit is wel de goede woning... ik bedoel, dezelfde woning als waar je bent geweest?'

Charlotte knikte nadrukkelijk.

'Absoluut.'

Ze liep verder de smalle hal in naar de keuken.

'Kijk maar... vuile vaat op het aanrecht.'

Van Opperdoes ging naast haar staan en keek in haar ogen. Ze kleurden van diepblauw naar paars. De oude rechercheur bezag het fenomeen en schonk haar een glimlach.

'Charlotte,' sprak hij vriendelijk. 'Buiten een dubbele moord heb ik nu een extra probleem.'

'En dat is?'

De oude rechercheur grijnsde wrang.

'Lijken... lijken lopen niet.'

Hoofdstuk 2

Peter van Opperdoes plukte aan zijn neus en keek om zich heen. Er was geen spoor van dode mannen. De vloer was leeg en leek schoon. Het enige bewijs dat er mensen in de woning waren geweest, bestond uit de afwas in de keuken en drie koffiebekers die op de salontafel in de woonkamer stonden. De oude rechercheur boog voorover. Twee bekers waren nagenoeg leeggedronken, de derde beker zat nog halfvol. Verder was er weinig opvallends te zien in de woning. Geen kleding in de kasten, het bed leek onbeslapen.

Wat hadden de mannen hier gedaan, als ze er al waren geweest?

Hij keek uit het raam. Voor de deur liep Charlotte heen en weer, nerveus aan een sigaret trekkend. Af en toe keek ze vragend omhoog, alsof ze zichzelf ervan wilde overtuigen dat ze Van Opperdoes naar de juiste woning had meegenomen.

'Ik voel me zo dom,' had ze verontschuldigend tegen de oude rechercheur gezegd, voor ze naar beneden liep.

Hij zwaaide voor het raam even geruststellend naar haar. Ze was niet dom, besloot hij. Bovendien kwam Charlotte heel oprecht op hem over. Haar verraste en bijna angstige reactie over het feit dat de woning plotseling leeg was, leek niet gespeeld.

Hij schoof de vitrage dicht en het viel hem op dat het weliswaar vitrage was die het licht doorliet, maar dat je er slecht doorheen kon kijken. Kennelijk waren hier binnen dingen gebeurd die het daglicht niet konden verdragen.

'En?' vroeg zijn vrouw ineens. 'Ben je er al uit wat hier is gebeurd?'

Haar toon was plagerig en ondanks de ernst van de situatie moest hij onwillekeurig glimlachen.

Er waren drie oplossingen voor dit raadsel, bedacht hij. De eerste was dat Charlotte van Tiggelen het hele verhaal had verzonnen. De tweede was dat de mannen er wel hadden gelegen, maar niet dood waren en op eigen gelegenheid de woning hadden verlaten. De laatste mogelijkheid was dat de mannen wel degelijk dood waren en dat iemand ze had weggehaald.

'Het is inderdaad een mooi raadsel,' bevestigde hij zacht. 'Onalledaags. Vreemd. Bijna grappig, als het niet om dode mensen zou gaan.'

'Ja, dat vond ik nou ook. Echt iets voor jou, om je hersens te pijnigen. Anders ga je maar verdrietig zitten wezen. Nu kan je aan de slag.' Hij hoorde hoe tevreden zijn vrouw klonk. Het deed hem goed en het verzachtte de verlammende pijn die hij zo vaak voelde, omdat hij haar nooit meer kon zien of aanraken. Als het leven dan toch zo hard moet zijn dat ze echt bij me weg is, dan maar op deze manier.

Zo is ze toch nog bij me.

Hij keek nog eens om zich heen. Charlotte had dit verhaal niet verzonnen, wist hij. Die mogelijkheid kon hij rustig wegstrepen. Ze was een leugenaar, noch een fantast. En waarom zou ze het verzinnen? Aandacht? Interessant doen?

Misschien moest hij een andere insteek zoeken voor dit raadsel. Niet proberen op te lossen hoe de mannen verdwenen waren, maar de oplossing met een andere denkwijze benaderen.

Wie waren deze mannen?

Waarom waren ze in deze woning geweest?

En wat hadden ze hier gedaan?

Koffie drinken op de bank, voordat ze op de grond terechtkwamen, om wat voor reden dan ook?

Hij bekeek de bank aandachtig en plotseling viel zijn oog op een klein felrood stukje plastic, dat uit een plooi van de lichte bank leek te steken. Voorzichtig trok hij het tevoorschijn, ervoor zorgend dat hij geen vingerafdrukken achterliet. Het was ongeveer twee vierkante centimeter groot en aan één kant leek er een koperkleurig doolhofje op geprint. Hij verpakte het zorgvuldig en stak het in zijn zak.

Na nog een laatste rondje door het huis, sloot hij het zorgvuldig af en daalde langzaam de steile trappen af.

Op de tweede verdieping klopte hij op de voordeur, maar er werd niet opengedaan.

Zuchtend daalde hij de trap af naar de eerste verdieping en klopte ook daar op de deur. Vergeefs, leek het, maar net toen Van Opperdoes zich omdraaide om de laatste trap af te lopen, hoorde hij achter de deur duidelijk gestommel.

Van Opperdoes stond in dubio. Zou deze woning iets met boven te maken hebben? Was Jacob maar bij hem, dacht hij, wie weet wie er hier binnen zat.

In de woning klonk het alsof er iets op de grond in stukken viel, waarna een bejaarde vrouwenstem in onvervalst plat Amsterdams snoeihard vloekte.

'Attenoje!'

Van Opperdoes glimlachte opgelucht. Hij tikte nu niet op de deur, hij bonsde als een gek.

'Jaja, ik hoor je wel, mafkees. Met je herrie...' bromde de stem binnen.

De deur vloog open en Van Opperdoes keek in het woeste gezicht van een oude, maar zeer verzorgde vrouw. Haar haar was keurig geföhnd en ze was behangen met gouden sieraden. Veel Jordaanser dan dit vind je ze niet, dacht hij.

'Wat is er? Waarom maak je zo'n herrie? En wat doe je hier op de trap? Hoe kom je boven? Als je maar niet denkt dat je geld krijgt.'

'Ik ben van de recherche,' begon hij.

'Van de wat? Je moet niet zo mompelen, dat is onbeleefd.'

'Ik ben van de recherche! De politie!' brulde hij.

'Politie?'

Peter van Opperdoes knikte.

'Mijn vader zat ook bij de politie.' Ze keek hem onverstoord vijandig aan.

'Nou, kijk eens aan, dat schept meteen een band...'

'Het was een ongelofelijke hangjas. Liep weg toen ik twaalf was, met dat wijf van de overkant. Ze was lelijk. En onaardig. Rotwijf.'

Tja, daar wist hij niet veel op te zeggen.

'Ben jij ook een hangjas?' vroeg ze.

'Ik hoop van niet.'

Ze deed een stapje achteruit en bekeek hem van top tot teen.

'Nou, wat mot je?'

Zal ik het vragen of niet, dacht Van Opperdoes. Hij kon het antwoord wel raden, want deze vrouw was zo doof als een kwartel.

'Hebt u iets gehoord, de afgelopen paar uur?'

‘Wat zeg je?’

De moed zonk hem in de schoenen, maar hij probeerde het toch nog maar een keer.

‘Of u misschien iets vreemds hebt gehoord, de afgelopen uren. Of dagen.’

Ze wuifde zo hard met haar hand dat haar armbanden woest rinkelden.

‘Alles wat ik hoor is vreemd. Wat bedoel je precies?’

‘Geluid? Herrie? Vreemde knallen, bonken?’

Ze keek hem vragend aan. ‘Is er iets gebeurd boven?’

‘Daar probeer ik achter te komen.’ Hij boog voorover. ‘Niet verder vertellen, hoor.’

Ze keek hem aan en gaf verder geen antwoord. Toen schudde ze langzaam haar hoofd en plotseling leek haar woede weg te ebben. Ze kwam weer een stapje dichterbij en legde haar hand op Van Opperdoes’ arm.

‘Ach jongen, jij bent geen slechte, dat zie ik ook wel. En ik wil je best wel helpen, maar ik hoor de laatste tijd niet zo heel goed meer, moet je weten. Ik weet het echt niet, of er iets is gebeurd. Kom effe gezellig binnen bij Sientje.’

Van Opperdoes keek haar aan. Ze was van een Jordanese kenau veranderd in een bijna hulpeloze vrouw die met een zachte blik naar hem opkeek. Hij klopte goedmoedig op haar hand.

‘Geeft helemaal niks dat je niet zo goed hoort.’

Sientje wuifde hem naar binnen. Het was er warm, heel warm. Ondanks dat het buiten zomer was, leek het alsof ze de kachel op volle toeren liet draaien. Van Opperdoes knoopte zijn jasje los. Binnen blonk het goud en nepgoud hem tegemoet. Overal hingen kleine schilderijtjes, door het hele huis stonden goudkleurige vaasjes en bekertjes. Pronkstuk was een winters tafereeltje boven de kachel, de beroemde Westertoren gehuld in sneeuw, als een miniatuurkerk, met een stuk bevroren Prinsengracht ervoor, waar kleine poppetjes schaatsende mensen voorstelden. Een kerstversiering, die Sientje kennelijk het hele jaar op de schoorsteen had staan.

'Wil je koffie?'

'Nou... dat lijkt me heerlijk.'

Ze glimlachte dankbaar en verdween naar de keuken, waar een hels kabaal van omvallende kopjes en schotels losbarstte. 'Alles gaat goed!' riep ze.

Peter van Opperdoes glimlachte, ging voor het raam staan en keek naar buiten. Zoals het goede gewoonte was, had Sientje spiegeltjes aan de buitenzijde van haar venster gemonteerd, zodat ze alles wat op straat gebeurde in de gaten kon houden. Een oude stoel, met een comfortabel kussentje erin, stond voor het raam.

Sien kwam de kamer in, een dampende kop koffie in haar ene hand en een ouderwetse doos met koekjes in de andere.

De oude rechercheur koos een krakeling uit. 'Heerlijk,' zei hij voldaan.

Ze gebaarde naar een stoel bij de tafel en zakte zelf in haar stoel voor het raam.

'Weet je wie er boven woont? Ken je ze?'

'Hier direct boven? Die zijn op vakantie. Al een week of drie. Dat weet ik, want ze leggen altijd de krant hier voor m'n deur neer. Dat ik niet de trap af hoef. Hele lieve mensen. Homo's, dat wel, maar zulke lieve jongens. Ik ga ook weleens een appeltaartje met ze eten, bij Winkel op de Noordermarkt. Maar wie daar weer boven woont, op de derde...?' Ze breidde haar armen uiteen. 'Niemand.'

Van Opperdoes moest glimlachen om de oude vrouw. Een heerlijk type, een echte Amsterdamse die zich had voorgenomen dat niemand haar ooit iets wijs zou maken. Maar nu, nu er een vertrouwd iemand bij haar was, zakte haar masker en veranderde Sien in een warme, Jordanese dame.

Ze hief haar vinger. 'Opa Romein woonde er, maar die is weg. Ik weet niet wie er nu woont. Ik heb ze nooit gezien. Het zullen wel yuppen zijn, die zeggen toch nooit gedag hier.'

Er verscheen een peinzende trek op haar gezicht, alsof ze zich uit alle macht iets probeerde te herinneren. 'Ik weet niet eens of er wel iemand woont. Ik heb wel mensen de trap op zien gaan. Werklui, denk ik. Of de eigenaar. Ze zouden gaan opknappen boven, dat wel. En dan verhuren. Die ouwe had er nooit wat aan gedaan, weet je. Ze handen stonden zo.'

Ze hield de ruggen van haar handen tegen elkaar, alsof Opa Romein twee linkerhanden had gehad. 'Gaat het om drugs, hierboven?' wilde ze weten.

'Ik heb nog geen enkel idee,' zei Van Opperdoes en daar loog hij niets van. Hij wist nog niet eens of er überhaupt wel sprake was van een misdrijf.

Sien snoof.

'D'r zijn te veel drugs in de Jordaan... en yuppen. Drugs en yuppen, een slechte combinatie.'

'Waren het dan yuppen, die boven woonden?' probeerde Van Opperdoes, die het inmiddels wel duidelijk was dat Sien niet alleen last had van haar oren, maar ook van haar geheugen.

Ze hield haar hand achter haar oor. 'Hè?'

Geduldig herhaalde de oude rechercheur zijn vraag.

Sien haalde haar frêle schouders op en schudde haar grijze hoofd. 'Opa Romein een yup? Laat me niet lachen. Die was nog Jordaanser dan ik. "Als ik hier wegga, dan tussen zes plankies," zei hij altijd. Dat heeft ie niet gered, hij zit in Bernardus. D'r zullen wel nieuwe buren komen, denk ik. Verbouwen, en dan voor zes keer de normale huur een huissie verhuren. En nooit gedag zeggen. Opa Romein zei tenminste gedag. Wat zeg ik, hij lulde de oren van je kop als ie de kans kreeg. Af en toe was ik blij dat ik doof was. Zei ik de hele tijd: "Ja hoor, jazeker, o ja, je hebt helemaal gelijk..." Terwijl ik er geen klap van verstond. Heerlijk, en hij maar doorlullen. Nou ja, dat zullen die yuppen nooit doen, ze vergallen de buurt. Iedereen leeft voor zichzelf deze dagen.'

'Ik weet het. Zo schijnt het te gaan tegenwoordig.' Hij knoopte zijn jas weer dicht. 'Als je misschien nog iets te binnen schiet, bel je dan even op?'

Ze knipoogde naar hem. 'Moet je wel je telefoonnummer geven. En schrijf het even op, want mijn ogen zijn moe en mijn geheugen is al net als mijn haar. Dun en grijs...'

Peter van Opperdoes glimlachte.

'Dit is mijn nummer. Dag Sientje.' Hij knipoogde, gaf haar zijn visitekaartje en nam afscheid.

Voor de buitendeur trapte Charlotte van Tiggelen nijdig haar sigaret uit.

'Niemand die iets gezien heeft zeker?'

'Waarom denk je dat?'

'Dat zal je net zien. Ik kom met een idioot verhaal bij de politie. Ik heb twee dode mannen gezien, en als u mee gaat kijken, liggen ze er niet meer. Ik sta voor gek.'

'Welnee...'

'Gelooft u me dan?

Van Opperdoes beet op zijn lip. Hij hoefde niet heel diep na te denken. 'Ja, ik geloof je. Maar dat betekent wel dat we een probleem hebben.'

'Twee verdwenen lijken, dat snap ik,' concludeerde Charlotte.

'En geen idee hoe ze verdwenen zijn. Dat is nog het belangrijkste.'

'Wat gaat u nu doen?'

Van Opperdoes krabde op zijn hoofd. 'Tja, ik ga een uitgebreide verklaring van je opnemen. Ik moet alle details weten, met name alles over de makelaar van wie je die sleutel hebt gekregen. Die zal ons waarschijnlijk verder kunnen helpen. En dan moet deze woning heel grondig onderzocht worden. En er moet een buurtonderzoek gedaan worden, en...'

Zijn stem stierf weg in een zacht gemompel. Charlotte zag de oude rechercheur om zich heen kijken.

'En dat gaat u allemaal alleen doen? Mijn moeder gaf erg hoog over u op, maar het lijkt me toch dat u iets meer mankracht nodig heeft...'

'Tja...' zei Van Opperdoes zacht.

Hoofdstuk 3

Jacob voelde zich onrustig en hij had geen idee waarom. Die ochtend waren zijn vrouw en hij vertrokken vanaf hun huisje op de Veluwe, na een heerlijke twee weken vakantie. Nu waren de koffers uitgepakt, en renden hun kinderen alweer vrolijk door het huis.

Jacob liep naar de televisie en keek op AT5, de lokale Amsterdamse zender, naar het laatste nieuws. Hij kon geen schokkende gebeurtenissen ontdekken.

'Waar kijk je naar?' Zijn lieve vrouw stond achter hem en legde haar armen om zijn middel. 'Nu alweer aan het werk?' Er klonk geen spoor van verwijt in haar stem.

'Gewoon even kijken.'

'Was een leuke vakantie, hè?'

'Heerlijk...' Hij draaide zich om en nam haar in zijn armen. 'Echt heerlijk...'

'Geniet dan nog even na. Je bent zo onrustig...'

'Ik weet het.' Jacob schudde ongedurig zijn hoofd. 'Nee, ik weet het niet. Er is iets, maar ik heb geen idee wát. Het is...'

Jacob haalde zijn schouders op.

'Denk je dat er iets aan de hand is?' vroeg zijn vrouw.

'Geen idee, maar het voelt alsof...'

Zijn vrouw glimlachte. 'Alsof iemand je zegt dat je moet bellen.'

Hij staarde haar verbaasd aan. 'Hoe weet jij dat?'

'Ik ken je toch? En ik voel het ook. Bel hem. Bel Van Opperdoes. Ik denk dat hij je nodig heeft. Niet dat er iets gebeurd is met hem, maar er speelt iets.'

Jacobs gezicht stond ernstig. 'Ja, hè? Ik denk het ook, vreemd genoeg. Maar ik heb nog wel twee dagen vakantie.'

'Bel hem nou maar.'

Een uur later liep Jacob de Tweede Goudsbloemdwarsstraat in. Van Opperdoes zat tegenover de ingang op een stoepje en glimlachte toen hij zijn jonge collega aan zag komen lopen.

'Had je genoeg van je vakantie?'

'Van vakantie kun je nooit genoeg hebben.'

Jacob keek naar het pand aan de overzijde van de straat. Zijn blik gleed langzaam naar de derde verdieping.

'Derde verdieping was het toch?'

Van Opperdoes knikte.

'En niemand thuis in het hele pand?' vroeg Jacob.

'Een stokdove vrouw op de eerste verdieping.'

Jacobs tuurde naar de eerste verdieping. Daar zag hij een oude vrouw staan, die nieuwsgierig naar buiten keek en achter de vitrage en de glimmende vazen voor het raam onzichtbaar probeerde te zijn.

'Stokdoof. Typisch weer onze mazzel...' zei Jacob met een grijns. 'Een mooi onderzoek zeg, dit... Geloof je die vrouw die bij jou kwam?'

'Charlotte van Tiggelen?' peinsde Van Opperdoes. 'Ik heb haar naar het bureau laten brengen. We nemen straks haar verklaring wel op. Ik heb geen reden om aan te nemen dat ze liegt, of een verhaal heeft verzonnen. Ze leek me oprecht.'

'Dan hebben we een probleem,' constateerde Jacob droog.

Van Opperdoes knikte. 'De technische recherche is onderweg, ze zullen hier zo wel zijn. Die kunnen ons vertellen of er nog bloed- of andersoortige sporen te vinden zijn. Alles gaat op de foto, alles wordt onderzocht. Dan moeten we langs de buren.'

Hij keek om zich heen.

'Niet iedereen zal toch met vakantie zijn?'

Nu viel het Jacob pas op hoe stil het op straat was. Normaal gesproken zou de halve straat zijn uitgelopen bij het vermoeden van een spannende gebeurtenis, maar ze waren alleen in de straat.

'De helft van alle Jordanezen zit op de camping. Op de Veluwe ben ik er ook al een hoop tegengekomen. Heeft die Charlotte je al verteld van welke makelaar ze de sleutel heeft gekregen? Ik denk dat we daar heel snel mee moeten praten.'

Van Opperdoes knikte. 'Makelaar Lousman in de Tuinstraat. Hier vlakbij.'

'Maar die naam ken ik...' Jacobs stem klonk verbaasd.

'Laat ik het zo zeggen...' er speelde een minzame glimlach om Van Opperdoes' lippen, '... de familie Lousman is geen onbekende van de politie.'

'De oude Lousman is eigenlijk de makelaar, en hij werkt nu toch samen met zijn zoon?'

Van Opperdoes knikte. 'Lousman & Zoon. Waarbij de zoon nogal eens aanvaringen heeft met diverse mensen, waaronder de politie.'

Er klonk een ferm gebons op een raam. Zowel Van Opperdoes als Jacob keken omhoog naar de eerste verdieping, waar de oude vrouw enthousiast op het raam stond te tikken met een van haar ringen. Toen ze zag dat ze aandacht van de rechercheurs had, deed ze haar raam open.

'Hé, mot je luisteren!'

'We luisteren.'

'Wat zeg je?' Ze hield haar hand achter haar oor.

Van Opperdoes wuifde naar de deur ten teken dat ze naar boven zouden komen, en stond op.

Sien Meier wachtte hen op bij haar voordeur.

'Kom binnen,' zei ze, en keek om zich heen alsof ze afgeluisterd kon worden. 'Je vroeg toch of ik het wilde vertellen, als ik me iets kon herinneren?'

'Jazeker...'

'Is dat je collega? Lekker ding, zeg.' Ze bekeek Jacob van top tot teen.

'Getrouwd, twee kinderen...' zei Jacob.

'Ja, niet voor mij hoor. Ik maak me geen illusies. Maar ik heb me toch een nichtje...'

'Wat heb je je herinnerd, Sien?' vroeg Van Opperdoes.

'Nou, ik zei toch dat mijn geheugen niet zo goed was. Dat is m'n kortetermijngeheugen, zei de dokter. Dat is niet zo goed. Dat ik dingen pas later weer weet, snap je? En je vroeg of me iets was opgevallen. Toen ik jullie daar net zo zag zitten, moest ik ineens aan vanmiddag denken. En toen wist ik het weer. Er stond een busje voor de deur. Een wit busje. Ik dacht eerst dat het schilders waren, weet je wel, om de boel op te knappen. Ik zei toch dat er weleens schilders of schoonmakers ofzo kwamen? Ze stonden hier voor de deur. En toen reden ze weg. Heel hard.'

'Zijn ze binnen geweest?'

'Ik denk het wel, maar ik heb niet alles gezien.'

Ze beet op haar knokkel.

'Jawel... ze droegen iets groots. Ik dacht eerst dat het verhuizers of schilders waren. Ze droegen van die dingen die je op de televisie ziet, weet je wel?'

'Wat voor dingen?' wilde Jacob weten.

Sien bewoog haar hoofd wild heen en weer, alsof ze op die manier de verborgen herinneringen weer los kon schudden.

'Wat je wel ziet op televisie, als er wat gebeurd is.'

Van Opperdoes legde zacht zijn hand op haar schouder. 'Als er iets ergs gebeurd is? Bedoel je dat? Dat de politie de boel gaat onderzoeken?'

'Het vliegtuig!' zei Sien opgetogen.

'Welk vliegtuig, Sien?'

Sien keek met grote ogen naar de oude rechercheur. Haar strijdbare woorden hadden plaatsgemaakt voor een diep verdriet, omdat ze besefte dat haar geheugen haar zo in de steek liet.

Jacob keek met bewondering naar zijn oude collega. Van Opperdoes was kalm, vriendelijk en straalde een enorme warmte uit, waar Sien zich wanhopig aan vastklampte.

'Een groot vliegtuig?'

Sien knikte. 'In de Bijlmer.'

Plotseling zag Van Opperdoes het beeld voor zich, de connectie die Sien in haar warrige hoofd maakte tussen dat wat ze nog wel wist en datgene waar ze niet op kon komen.

'Witte pakken.'

'Hè?' vroeg Jacob.

'Mannen die op schilders lijken. Schilders dragen witte overalls, verplegers vroeger ook. Het neergestorte vliegtuig in de Bijlmer...'

'... was berucht om meerdere dingen, maar ook vanwege de mannen in de witte pakken,' begreep Jacob ineens.

'Dat was het. Ze droegen witte pakken.' Sien keek weg. 'Ik schaam me dat ik er niet op kon komen.'

'Wat maakt dat nou uit. Kun je je wel herinneren hoe laat het was, dat je ze zag?'

Ze haalde haar schouders op en glimlachte verdrietig. 'Ik ben al blij dat ik dit weer weet.'

Peter van Opperdoes glimlachte. 'Natuurlijk. Dit is heel belangrijke informatie.'

'Een wit busje. En stond daar iets op? Op de zijkant van het busje?' vroeg Jacob.

'Dat weet ik dus nog wel. Gek, hè? Volgens mij stond er niks op en was het helemaal wit. Gewoon wit. Helemaal wit.'

'Denk eens goed na...' probeerde de oude rechercheur nogmaals, '... zijn ze naar de derde verdieping geweest?'

'Ik denk het... dat moet wel. Hierboven op de tweede is niemand. Die zijn op vakantie en daar komt niemand binnen. Dat zei ik toch. Onthoud toch eens iets als ik het vertel...'

Hoofdstuk 4

Het bureau Raampoort verrijst als een oud kasteel aan de uiterste rand van de Jordaan. Het ziet er zó indrukwekkend uit dat iedereen die over de Singelgracht de wijk binnenkomt, onwillekeurig even omhoog kijkt langs de kantelen van het gebouw. De agenten die er werken voelen die historische sfeer ook, want af en toe wanen ze zich heldhaftige ridders uit vroeger tijden, die in een verre toekomst de veiligheid van de bewoners van de oude Jordaan moeten garanderen. Na een dag hard werken buiten de deur voelde het altijd goed weer heelhuids terug te keren in de veilige burcht.

En zo betraden de oude rechercheur en Jacob het bureau door de grote, wijd openstaande voordeur. Ze zwaaiden kort maar vriendelijk naar de wachtcommandant en de paar agenten achter de balie en beklommen de monumentale zware trap naar de eerste verdieping. Het bureau klonk hol, zonder de gebruikelijke geluiden van rondlopende of rennende agenten, schreeuwende verdachten of vrolijk kletsende dames die het eten in de kantine verzorgden. Toch was er een simpele verklaring voor de vreemde stilte: het was hartje zomer en bijna iedereen in het bureau was met verlof.

De Raampoort draaide op zogenaamde 'krepeersterkte',

wat stond voor het minimum aantal agenten dat absoluut noodzakelijk was om het bureau open te houden en de veiligheid op straat te garanderen. De rest van de agenten kon met een gerust hart op vakantie.

Peter van Opperdoes vond het wel fijn, die rust, na alle jaren van hectiek op bureau Warmoesstraat. Op de Warmoesstraat was het nooit rustig. Constant rumoer, drukte, toestanden. Zwervers en junks zagen de hal voor de balie vaak als hun woonkamer en hingen er uren rond, tot de wachtcommandant ze zat was en ze de deur uit schopte. Dezelfde wachtcommandant kon toeristen die met vragen kwamen, met een grote oranje pilon op zijn hoofd doodserieus te woord staan, terwijl achter hem de voetzoekers in het rond vlogen.

Van Opperdoes moest altijd glimlachen als hij terugdacht aan de Warmoesstraat. Een bureau vol gekken, dacht hij, maar wel vrolijke en betrokken gekken.

Aan de Raampoort was het rustiger, maar ook daar kon het af en toe flink spoken. Laatst nog hadden vier opgeschoten jongeren geprobeerd over de balie te klimmen, om een van hun gearresteerde vrienden te ontzetten.

Je mocht een vrolijke volksbuurt als de Jordaan ook niet vergelijken met de 'vierkante kilometer ellende' die het grondgebied van de Warmoesstraat kenmerkte. Ze hadden allebei hun charme. In ieder geval had Van Opperdoes van zijn vrijwillige overstap van de Warmoesstraat naar de Raampoort nog geen dag spijt gehad. Het was er anders, maar niet minder prettig om te werken. Het paste op een of andere manier beter bij zijn gemoedstoestand, sinds zijn vrouw was overleden.

Peter van Opperdoes liep door naar de tweede verdieping, gooide de deur van het terras open en sleepte zijn stoel naar buiten. De zon straalde over het terras heen.

'Wat ga je doen?' vroeg Jacob.

Van Opperdoes zakte in de stoel en hief zijn gezicht naar de zon. 'Even nadenken.'

'Kon je dat daar niet doen?'

'Waarom niet? We moeten toch afwachten. Deze plek is net zo goed als alle andere om af te wachten en na te denken.'

Jacob keek even naar zijn collega, glimlachte toen en sleepte een tweede stoel naar buiten.

Van Opperdoes liet de warme stralen over zijn gezicht glijden.

'Heb je een goede vakantie gehad?'

'Heerlijk. Die camping in Laag Soeren heeft echt alles. Hoewel, het is eigenlijk niet echt een camping. Een vakantiedorp, noemen ze het. Midden in het bos. Met een zwembad, een restaurant, en als je het klaphekje uit loopt, sta je midden in de Veluwse bossen. We hebben zelfs herten en wilde zwijnen gezien. Zo voor onze neus!'

'Dus nu kun je er weer tegenaan.'

Jacob haalde zijn schouders op en genoot van de warme zomerzon op het dak van het bureau.

'Je bent zelfs eerder teruggekomen. Je had nog twee dagen vrij. Niet dat het niet goed uitkwam hoor... je valt met je neus in de boter met deze zaak.'

'Daarom ben ik ook teruggekomen. Omdat jij bezig was. Weet je...' vervolgde hij, '... het klinkt heel gek, maar op de een of andere manier voelde ik dat er iets aan de hand was.'

Peter van Opperdoes opende één oog en keek naar Jacob.

'Echt waar?' Heel even dacht hij een zacht gegrinnik van zijn vrouw te horen, en toen wist hij genoeg. Hij sloot zijn ogen weer en een milde glimlach speelde om zijn lippen.

'Dat zou zomaar kunnen. Er gebeuren gekke dingen in deze wereld.'

Jacob zweeg. Sinds hij in hun vorige grote zaak bijna was neergeschoten, maar gered werd door iemand die net op tijd zijn naam riep, wist hij wel dat er soms onverklaarbare dingen gebeurden. En hij wist ook dat dat zo was, vanaf het moment dat hij met Peter van Opperdoes werkte. Maar om hem daar nou rechtstreeks naar te vragen, dat ging ook weer een beetje ver.

Een vermoeden had hij, dat wel. Een vermoeden dat het te maken had met Van Opperdoes' overleden vrouw. Maar ja, wat moest je doen? Botweg aan je collega vragen wat er aan de hand is? Of hij, de keren dat je hem in zichzelf ziet mompelen, met haar aan het praten is?

Hij keek zijn oude collega even aan. Die zat rustig achterover geleund, met zijn ogen gesloten. Jacob had weleens collega's horen zeggen dat Peter van Opperdoes niet meer dezelfde was, sinds zijn vrouw was overleden. Dat het zo'n klap voor hem was geweest, dat hij geestelijk nooit meer helemaal de oude was geworden. Of soms, heel soms, werd zelfs gesuggereerd dat hij gek geworden was, als hij in zichzelf pratend door de gangen van het bureau liep.

Jacob geloofde daar niets van. Na de vorige zaak, met de Russen in de Jordaan, had de commissaris bezorgd aan Jacob gevraagd of alles wel goed was gegaan: 'En met Van Opperdoes? Hoe ging dat? Het is toch weer zijn eerste zaak geweest sinds... nou ja, je weet wel. Moet ik me zorgen maken?'

Jacob had hem gerustgesteld. Er was volgens hem niets mis met zijn oude collega. In ieder geval zou hij hem altijd verdedigen, tegen alles en iedereen.

'Wat denk je?' vroeg de oude rechercheur.

'Hè, wat?' Jacob keek naar links, in de pretogen van Van Opperdoes.

'Wat je denkt. Je zit in jezelf te murmelen. Je lippen gaan een beetje heen en weer.'

'Niet. Echt?'

'Ja, echt.'

Jacob deed met een klap zijn mond dicht. Hij zweeg even en probeerde toen een ander onderwerp aan te snijden.

'Heb je nagedacht?'

'Waarover?'

'Je ging hier zitten om na te denken. Dus... heb je dat gedaan?'

'Je bedoelt, naast nadenken over dat murmelen van jou?'

'Ik murmel niet. Maar ja, dat bedoel ik.'

Van Opperdoes ging rechtop zitten.

'Ik snap het nog steeds niet.'

Toen stond hij op en keek op zijn horloge. 'Kom, we gaan terug. Ze zullen nu toch wel klaar zijn.'

Peter van Opperdoes wachtte niet op Jacob en liep snel de trap af, ruim voor zijn jonge collega, ervoor zorgend dat Jacob zijn ogen niet kon zien. Hij wist namelijk precies waar Jacob aan had zitten denken, en het ontroerde hem hevig.

De Tweede Goudsbloemdwarsstraat was afgesloten voor auto's en voetgangers door middel van een wapperend rood-wit lint met daarop de tekst: NIET BETREDEN. POLITIE. Erachter stond een jonge agent met één streep op zijn schouder, die probeerde indrukwekkend serieus te kijken. In de smalle straat stonden twee witte busjes geparkeerd. Op de hoek, bij café De Kat in de Wijngaert, hadden de vaste gasten hun stoeltjes zo gedraaid dat ze de zijstraat in konden kijken, en zo precies in de gaten konden houden wat er allemaal gebeurde.

Iedere beweging van de agenten werd dan ook luidkeels van commentaar voorzien.

'Hé kijk, er komt er een naar buiten in zo'n wit pakkie...'

'Hij hep een sak in se hande...'

'Wedde dat er geen lijk in zit... veel te klein sakkie!'

Waarop het hele terras het uitbulderde van het lachen. Voor de vaste bezoekers van het café was het al snel duidelijk dat er geen bekende uit de buurt slachtoffer was geworden in de woning waar de politie nu onderzoek deed.

Geen Jordanees, geen tranen. Zo was het hier nou eenmaal, en zo zou het altijd blijven.

Peter van Opperdoes en Jacob liepen de Lindengracht af, en bij de afzetting hield de jonge agent het lint vriendelijk omhoog. Van Opperdoes klopte hem in het voorbijgaan even op zijn schouder en knikte vriendelijk. Jonge agenten hadden het tegenwoordig niet makkelijk, maar deze hield zich manmoedig staande onder het verbale geweld van het Amsterdamse terras.

Toen Van Opperdoes en Jacob het pand naderden, kwam een luid snuivende man in een wit pak hun richting op, een groot fototoestel op zijn forse buik torsend. Zijn gezicht stond op onweer.

'Het zal eens niet op drie hoog zijn. Jij zoekt het ook altijd voor me uit...'

'Tja, Bram...' Van Opperdoes spreidde zijn handen. 'Als ik het voor het zeggen had, vonden alle misdrijven op de begane grond plaats. Maar ja, wie ben ik?'

Bram van Wielingen, de oude politiefotograaf, snoof nogmaals luidruchtig.

'Jij bent de man die me altijd een hoop werk bezorgt. En me een hoop trappen laat beklimmen. Maar goed, alles staat erop. Ik ga dit onding uitdoen.' Hij plukte aan de witte steriele overall, alsof het een vieze deken was die om hem heen hing.

'Zijn ze nog wat verder gekomen binnen?' wilde Van Opperdoes weten. Bram haalde zijn schouders op.

'Ach, vroeger zag je plassen bloed, en dan wist je meteen dat je geluk had. Tegenwoordig zijn ze in de weer met wattenstaafjes, zaklampjes en minuscule dingetjes. Misschien hebben ze wat, misschien hebben ze niks... wie zal het zeggen? Vraag het hem maar...'

Bram van Wielingen wees over zijn schouder naar een kleine man van de technische recherche, die bij de witte vrachtwagen zijn kleding aan het uittrekken was.

'Hugo...' zei Peter van Opperdoes glimlachend en hij liep aangenaam verrast op hem af.

Hugo wurmde zich uit het witte pak en schudde geestdriftig de hand van Van Opperdoes.

'Jacob, ken je deze man?' vroeg Van Opperdoes aan Jacob.

'Hugo Pastoor,' stelde de kleine man zich voor en schudde Jacob de hand.

'Hij is de technisch rechercheur die je er altijd bij moet hebben,' fluisterde de oude rechercheur hardop.

'Ho ho, en ik dan...?' klonk een stem. Achter Peter van Opperdoes dook een tweede technisch rechercheur op, die zijn mondkapje afdeed. Een vrolijke grijns kwam tevoorschijn.

'Het lijkt wel een reünie,' zei Van Opperdoes verrast. 'Loop jij hier ook nog rond? Dat is lang geleden...'

'Niet weg te schoppen...' zei de tweede technisch rechercheur en stelde zich eveneens aan Jacob voor. 'Ton van Maan.'

'Hoe komt het dat we elkaar zo lang niet gezien hebben?' wilde Van Opperdoes weten.

Hugo Pastoor haalde zijn schouders op. 'De boel verandert, Peter. Er is veel meer te vinden, dus is er ook veel meer te zoeken.... Dus zijn er nu ook veel meer technische rechercheurs.'

Ton glimlachte. 'Dat is een diepe wijsheid, vind je niet?'

Van Opperdoes begreep het wel. Bram van Wielingen bedoelde net precies hetzelfde.

Vroeger had je een enorme plas bloed en dan mocht je blij zijn als men de bloedgroep kon vaststellen. Tegenwoordig weten ze DNA veilig te stellen uit een bijna onzichtbaar druppeltje bloed of speeksel. Maar ja, dat moet je dan wel zien te vinden.

Vroeger liet je de technische recherche alleen komen als je zelf kon vaststellen dat er wel wat aan sporen te vinden zou zijn. Tegenwoordig was het onmogelijk om 'op het oog' te kunnen beoordelen of er al dan niet bewijsmateriaal te vinden was.

'Hebben jullie iets gevonden?'

Het gezicht van Ton van Maan betrok. 'Als er al een lichaam, of twee lichamen, in die kamer hebben gelegen, dan wisten de moordenaars heel goed wat ze deden. Het zijn professionals. De woning, of in ieder geval de vloer, is grondig schoongemaakt met chloor. Geen bloed, geen hersendelen, geen sporen te vinden op de plekken waar er is schoongemaakt.'

Het gezicht van Jacob betrok. 'Verdikkeme...'

Ton van Maan hief zijn vinger. 'Maar... misschien hebben we geluk. Ik denk namelijk dat ze tijdens hun bezigheden gestoord zijn.'

'Gestoord? Als in gek?' vroeg Jacob.

'Nee, als in onderbroken. Verstoord.'

Van Opperdoes' interesse was onmiddellijk gewekt.

'O? Want...?'

Hugo en Ton keken elkaar even aan, alsof ze de spanning erin wilden houden, en er nog niet uit waren wie het grote nieuws zou onthullen.

'Nou,' begon Hugo, 'de woning is dan wel schoongemaakt, en behoorlijk minutieus ook, maar het lijkt wel of ze op een gegeven moment zijn opgehouden met schoonmaken.'

'Dus je hebt wel iets gevonden?' Peter van Opperdoes klonk hoopvol. 'De bekers! Er stonden bekers op tafel. Stond daar iets op?'

Weer keken Ton en Hugo elkaar even aan. Nu mocht Ton vertellen. 'Je hebt gelijk. Er zaten vingerafdrukken op en met een beetje geluk halen we er ook nog DNA vanaf. Verder hebben we nog wat kleine sporen gevonden, en een paar plekken bemonsterd.'

'Bemonsterd? Mooie vakterm, maar die ken ik niet,' bromde Van Opperdoes. 'Zeker iets nieuws?'

Jacob klopte hem bemoedigend op zijn schouder. 'Sinds ze DNA kunnen opsporen van de meest kleine oppervlakten, nemen we overal sporen af. Onder andere met wattenstaafjes. Dat noemen ze bemonsteren.'

'En we hebben er toch een paar kunnen afnemen in de woning,' zei Ton opgewekt.

'Dat klinkt dus in ieder geval niet helemaal hopeloos,' concludeerde Peter van Opperdoes.

Hugo bromde. 'Zeker niet.'

Peter van Opperdoes draaide zich om en keek de straat uit. Toen keek hij nog een keer de andere kant de Goudsbloemdwarsstraat door. Nog altijd hielden de mensen op het terras hen goed in de gaten, maar de aandacht ging ook uit naar de blonde serveerster, die met een groot blad vol bier aan kwam lopen en met luid gejuich werd ontvangen.

'Maar de belangrijkste vraag, hebben we daar een antwoord op?' wilde Van Opperdoes weten.

Ton keek hem vragend aan. 'Welke?'

'Er is een getuige die zegt dat er twee mensen in die woning op de grond hebben gelegen. Klopt dat? En waren ze inderdaad dood, zoals ze zei?'

Tegelijkertijd haalden Hugo en Ton hun schouders op. 'Geen idee...' klonk het in koor.

Hoofdstuk 5

Peter van Opperdoes bukte kreunend om onder het strakgespannen rood-witte lint door te komen. De jonge collega stond verderop een eigenwijze Amsterdammer tegen te houden, die per se door wilde lopen. Het was een ouderwets Jordaans opstootje dat met gepaste vreugde door de mensen op het terras werd gadegeslagen. Jacob schudde ongelovig zijn hoofd, terwijl hij Peter van Opperdoes inhaalde.

'Onvoorstelbaar toch. Elke keer is het hetzelfde. Elke keer! Je spant een rood-wit lint, en ze lopen er gewoon dwars doorheen. Ondertussen zeggen ze: "Maar dat geldt niet voor mij," of zoiets eigenwijs. Of ze zeggen niet eens wat. Ze komen aanlopen... ze stoppen niet... en lopen gewoon door. Alsof dat hele lint daar voor niets gespannen is.'

Een oudere, ervaren collega in uniform schoot de onfortuinlijke jonge agent te hulp en zei tegen de Amsterdammer dat hij snel weg moest wezen, omdat hij anders echt problemen kreeg. De man gaf zich gewonnen en liep mopperend weg.

'Waar gaan we naartoe?'

Peter van Opperdoes liep door.

'Heb je er de pest in?' wilde Jacob weten.

Van Opperdoes glimlachte. 'Ik ben er al weer overheen. Het begon als een puzzel, en het blijft een puzzel. Maar op een gegeven moment wil ik wél een stapje verder komen.'

Jacob haalde zijn schouders op en ontweek een jonge moeder met een buggy. 'Dat zijn we nog niet echt.'

Van Opperdoes keek Jacob aan. 'Dan is het tijd om daar verandering in te brengen, vind je ook niet?'

Ze liepen de Lindengracht over, in de richting van de Derde Goudsbloemdwarsstraat. Jacob keek naar rechts, de straat in en glimlachte.

'Weet je wat daar zit?'

Peter van Opperdoes keek even langs hem heen, de straat in. 'Een kroeg.'

'Daar namen ze afleveringen van *Baantjer* op. Dat was café Smalle Lowietje.'

'Echt waar? Maar er zitten toch geen hoeren in de Goudsbloemstraat?'

Jacob stond stil en wees naar de straat achter het café.

'Daarachter zetten ze een heel decorstuk neer. Ramen van peeskamertjes, met rode lampjes en alles. En dan liepen er een stuk of tien figuranten steeds heen en weer, langs het grote raam van het café. En in de peeskamertjes zaten de zogenaamde temeiers. Ook figuranten, in spannende lingerie.'

Peter van Opperdoes keek de straat in en probeerde het zich voor te stellen.

'Grappig dat ze fantasie naspelen in de werkelijkheid, en daar dan weer fantasie van maken.'

Jacob liep door.

'Appie Baantjer zat zelf toch ook op bureau Warmoesstraat? Heb jij nog met hem gewerkt?'

'Zeker, tot aan zijn pensioen. Hij zat achter in de recherchekamer, bij het raampje naar de binnenplaats. Mooie verbalen maakte hij altijd.'

'Mooi?'

'Sfeervol. Zodat rechters echt een beeld kregen van wat er gebeurd was, en ze niet alleen de kille feiten hoefden te lezen. Heel vaak heeft een verdachte namelijk een verhaal. Een verleden. Een reden om iets te doen. Zijn verbaal kon een zielige verdachte zo een paar jaar gevangenisstraf schelen.'

Jacob keek bewonderend. 'Echt waar?'

Peter van Opperdoes stak de Lindengracht over en liep de Tweede Lindendwarsstraat in. Bij de Tuinstraat aangekomen sloeg hij rechtsaf.

'Weet je wat ze over makelaar Lousman zeggen?' vroeg hij aan Jacob.

'Nou?'

'Ken je hem?'

'Alleen van naam. Wat zeggen ze dan over hem?'

'Dat hij altijd zo gewoon is gebleven,' antwoordde Van Opperdoes en glimlachte.

'Kus me bolle toges,' zei makelaar Lousman. 'Oprotten!'

'Maar...' probeerde Jacob. Tevergeefs. De makelaar was op dreef en liet zich door niets of niemand tegenhouden. Een dikke wijsvinger zwaaide heen en weer voor het gezicht van Jacob.

'Niks maar... ik weet precies wat jij hier komt doen. Mij een beetje verdacht maken. Een eeuwenoud bedrijf met een uitstekende reputatie proberen naar de gallemieze te helpen! Mij een beetje de Jordaan uit pesten... mijn leven onmogelijk maken... mijn reputatie slopen. Dát wil je.'

Hij sprak het wel op een mooie manier uit, vond Van Opperdoes. Reepuutaasie.

Lousmans bril, met een ouderwets hoornen montuur, balanceerde op het puntje van zijn neus en hij loerde er met priemende ogen overheen.

Jacob draalde voor het ouderwetse bureau waarachter de oude Lousman stond en wipte onrustig van zijn ene voet op de andere.

Van Opperdoes merkte dat Jacob aarzelde en kneep zijn ogen samen. Jacob was weliswaar flink wat jonger dan hij, maar Lousman behandelde Jacob zoals de agent met één streep bij het rood-witte lint bejegend werd: niet netjes.

Geen respect, zouden ze tegenwoordig zeggen.

Van Opperdoes draaide de makelaar demonstratief de rug toen, om aan te geven dat hij zich van deze manier van discussiëren distantieerde. Hij keek rond in het kantoor van de makelaar. Aan de muur hingen foto's van het oude Amsterdam, met name van de Jordaan, waar Lousman zijn werkplek had. Er hing een grote foto, kennelijk van het personeel dat een dagje uit was. Lousman zelf pontificaal in het midden op een boot, een geheven glas bier in de hand. Direct naast hem stond een jonge versie van Lousman, een glas bier op dezelfde wijze in zijn hand. Dat kon niemand anders dan zijn zoon zijn. Verder wat dames die ook in het kantoor werkten en nog een man in een zwart trainingsjack, die met een grote vis in de hand lachend de vangst van de dag liet zien.

'Dagje uit van de stichting?' vroeg Van Opperdoes luchtig.

Lousman keek hem aan of hij gek was, haalde diep adem, alsof hij van plan was om de twee rechercheurs de definitieve verbale genadeklap te geven. Maar alsof hem plotseling iets te binnen schoot, sloot hij met een klap zijn mond, staarde naar Van Opperdoes, daarna naar Jacob, draaide zich op zijn hakken om en ging achter zijn bureau zitten. Hij haalde diep adem, en leek tot tien te tellen voordat hij begon te spreken. Hij klonk een stuk rustiger, merkte Van Opperdoes tot zijn tevredenheid.

'Vind je het gek? De politie komt bij mij en wil me niet vertellen wat er aan de hand is. Jullie komen dus informatie halen. Ik vind het vervelend dat ik niet mag weten waarom,' zei de makelaar.

Jacob antwoordde snel. 'Dat mag u vervelend vinden, maar we gaan u niets vertellen. Onderzoeksbelang, dat zult u toch wel snappen.'

'Maar...' Van Opperdoes liet een opzettelijke stilte vallen om de aandacht van de makelaar volledig op te eisen, '... misschien weet meneer de makelaar allang wat er is gebeurd in de Tweede Goudsbloemdwarsstraat. Misschien kan hij ons zelfs nog wel het een en ander vertellen...'

Van Opperdoes plukte langzaam aan zijn neus en observeerde de makelaar met toegeknepen ogen. Hij kende Lousman al wat langer, uit de tijd dat hij op bureau Warmoesstraat werkte. Lousman bezat pandjes in de hele Jordaan, maar had ook een paar panden op de Wallen, die hij voor veel geld verhuurde.

De makelaar liet een spannende stilte vallen. Toen hij weer begon te spreken, klonk zijn stem laag en langzaam, en daardoor bijna dreigend.

'Meen je dit echt, Van Opperdoes?'

De oude rechercheur reageerde niet. Hij was niet snel geïmponeerd.

'Het is hier de ene belediging na de andere. Nu begin jij ook al.' Lousman knakte met zijn vingers. 'Ik denk dat ik maar helemaal niks meer zeg. Jullie bekijken het maar.'

Van Opperdoes knikte. 'Prima. Als je dan maar weet dat we straks terugkomen met een bevel van de officier van justitie en je hele kantoor overhoophalen. Het scheelt een hoop tijd en rotzooi als je nu gewoon even meewerkt.'

Er viel een lange stilte, die niemand van plan leek om als eerste te verbreken. Plotseling verscheen een grote glimlach op het gezicht van Lousman.

'Ik neem jullie in de maling. Ik heb geen idee wat er daar is gebeurd. En ik wil alle medewerking verlenen, natuurlijk. Zeg maar wat jullie willen weten.'

Van Opperdoes observeerde de makelaar scherp. 'Wij willen weten wie dat huis van jou heeft gehuurd, zo simpel is het.'

De oude rechercheur zei het vriendelijk, achteloos bijna, maar wel met een vinnige ondertoon die Lousman niet ontging.

Hij zakte onderuit en knikte. 'Geen probleem. Als jij dan maar snapt dat ik er niets mee te maken heb. Wat er ook in dat huis is gebeurd.' Hij stond mopperend op, en liep zijn kamer uit. Zijn stem galmde door het pand: 'Annie, breng me de map van de Goudsbloemdwarsstraat 302 even.'

Even later kwam hij terug met een simpele map. 'Zo... eens even kijken... Tweede Goudsbloemdwarsstraat...'

Hij bladerde door de map.

'Hoe ver wil je teruggaan?'

De toon was bijna vriendelijk, alle verzet leek bij de makelaar te zijn verdwenen.

'Wie was de laatste huurder van het pand?' vroeg Jacob.

Lousman sloot het dossier met een zachte klap. Hij keek met een peinzende blik naar de twee rechercheurs. 'Zie je wel, ik dacht al dat ik wist wie het was, maar ik wilde het toch even zeker weten. Opa Romein was de laatste die daar heeft gewoond. Hij is met luie stoel en al z'n huis uit getild en naar Sint Bernardus gebracht, het verzorgingstehuis naast het hoofdbureau aan de Marnixstraat.'

'En wanneer was dat?' wilde Van Opperdoes weten.

'Toch zeker vier maanden geleden.'

Jacob hield zijn hoofd scheef. 'En sinds die tijd?'

De makelaar keek hem aan. 'Heeft het leeggestaan. Ik wou het gaan opknappen, maar ik had de tijd niet om dat allemaal te regelen. Komt wel, dacht ik.'

'Maar nadat Opa Romein het huis had verlaten zijn er wel mensen in de woning geweest?'

Lousman haalde zijn schouders op. 'Vanzelf. De boel moest leeggehaald worden, en we zijn er binnen geweest met een mannetje.'

'Een mannetje?'

'Mijn klusjesman. De boel moest worden opgeknapt, nadat die ouwe weg was.'

'Hij is de enige geweest?' wilde Jacob weten.

'We zijn een paar keer binnen geweest. Meer niet.'

'En wie had de sleutels? Kon er verder niemand in, in de tussentijd?'

Lousman schudde zijn hoofd en opende het dossier weer. Met een dikke paperclip zat een bosje sleutels vast aan de map. Zwijgend sloot hij het dossier weer.

'Hoeveel sleutels hebt u?'

'Kijk maar.' Hij sloeg het dossier weer open. Er zaten drie sleutels aan de paperclip.

Van Opperdoes trok een wenkbrauw op. 'Dit zijn alle sleutels? Drie stuks?'

'Dat zal wel, hè, als ze hier in zitten.'

Het was duidelijk dat de irritatie bij de makelaar weer terug begon te keren. Hij knarsetandde bijna terwijl hij antwoord gaf.

'Ik wil zo langzamerhand nou weleens weten wat er aan de hand is.'

'U hebt geen sleutel aan een nieuwe huurder gegeven?'

'Ikzelf? Nee. Maar misschien iemand anders in dit kantoor wel. Ik hou niet alles zelf bij. Ik vraag dat wel even na.'

'Voor zover jij weet, is er dus... sinds Opa Romein weg is... tot vandaag niemand in de woning geweest, behalve mensen van dit bedrijf.'

'Dat is juist, voor zover ik weet,' gromde Lousman.

De blikken van Jacob en Peter van Opperdoes kruisten elkaar heel kort. Ze hoefden niets te zeggen, beiden beseften tegelijk wat deze informatie van de makelaar inhield. Als er al lijken in de woning aanwezig waren geweest, dan hadden die er absoluut geen vier maanden gelegen. Iemand anders moet in die tijd toegang tot de woning hebben gehad, hoewel de sleutels bij de makelaar in het dossier lagen.

Hoofdstuk 6

Alsof het een kostbaar kleinood was, klemde Van Opperdoes de sleutels in zijn hand, toen hij samen met Jacob terugliep naar de woning in de Tweede Goudsbloemdwarsstraat. De simpele meubels die Jacob en Van Opperdoes hadden zien staan, waren door Lousman met de klusjesman in de woning geplaatst, om krakers te weren.

Maar wie was er dan nog meer binnen geweest, nadat Opa Romein vier maanden geleden zijn vertrouwde Jordaanverdieping had verruild voor een kamer in het verzorgingstehuis? Alle sleutels zaten bij Lousman in het dossier, met uitzondering van de sleutel die ze van Charlotte van Tiggelen hadden gekregen.

Van Opperdoes stak de eerste sleutel in het slot van de benedendeur, die moeiteloos opende. Hij keek even naar de steile trap en de vermoeidheid sloeg al op voorhand in zijn benen. Zuchtend greep hij de trapleuning vast om zich naar de derde verdieping te hijsen.

'Zal ik anders even snel naar boven lopen?' vroeg Jacob behulpzaam.

'Nee hoor. Ik red het wel... als ik daaraan toegeef, waarde Jacob, wennen mijn knieën aan het niks doen... en dan dragen ze mij ook binnenkort m'n huis uit terwijl ik nog in een stoel zit, net als Opa Romein.'

'Wees maar blij dat je op de begane grond woont,' grapte Jacob.

Dat was Van Opperdoes zeker.

Zijn huis aan de Brouwersgracht – onlangs door lezers van de Amsterdamse krant *Het Parool* uitgekozen tot de mooiste straat van Amsterdam – was hem ontzettend dierbaar, al was het alleen maar vanwege de gelukkige jaren die hij daar met zijn lieve vrouw had doorgebracht.

De oude rechercheur hield ineens heel even stil, midden op de trap, vanwege een onrustig gevoel dat zich plotseling van hem meester maakte. Hij had haar al een hele tijd niet meer gehoord. Maar op het moment dat die gedachte door zijn hoofd schoot, klonk een zacht en geruststellend gegiechel.

'Ik hou je in de gaten hoor...' klonk het plagerig.

'Gelukkig maar,' bromde Van Opperdoes.

'Hè? Wat?' klonk het achter hem. Peter van Opperdoes keek om, recht in het verbaasde gezicht van Jacob.

'Wat is er?' vroeg Van Opperdoes.

'Je mompelde iets, maar ik verstond je niet.'

'Ik zei niks. Gaat het wel goed met je?' glimlachte Van Opperdoes.

Jacob perste zijn lippen opeen en wist alweer hoe laat het was. Hij zuchtte en duwde Van Opperdoes voorzichtig tegen zijn rug.

'Doorlopen jij...' zei hij zacht.

Van Opperdoes hield de sleutel heel even omhoog.

'Nu zullen we het weten...' zei hij quasigeheimzinnig, alsof hij op het punt stond een eeuwenoud geheim te onthullen. Langzaam bracht hij de sleutel naar het slot.

Jacob leunde tegen de muur op de overloop. 'En wat wil je hier nou precies mee bewijzen?'

'We moeten niet alleen dingen bewijzen... wij zijn er ook om dingen uit te sluiten en te onderzoeken. Wij hebben dit bosje sleutels van makelaar Lousman gekregen, nietwaar? En hij heeft erbij gezegd dat het de enige sleutels van de woning zijn?'

Jacob knikte. 'Dat heeft hij inderdaad.'

'Charlotte van Tiggelen heeft één sleutel van de makelaar gekregen, althans dat zegt ze. Kennelijk niet van Lousman persoonlijk, maar van iemand op kantoor. Maar wij moeten weten wie er verder allemaal toegang heeft gehad tot dit huis, gezien het feit dat er misschien dode mensen hebben gelegen. Waar of niet?'

Daar kon Jacob niet omheen. 'Dat is waar.'

'Juist,' ging Van Opperdoes verder. 'En dus concentreren wij ons op de volgende vraag: wie kon er in die woning? Wie heeft er allemaal een sleutel van deze toegangsdeur?'

'Natuurlijk. Dat is standaard in een onderzoek als dit...'

Van Opperdoes knikte. 'Dus dan stel ik je de volgende vraag: zijn dit wel de juiste sleutels?'

Hij zwaaide met de sleutel voor Jacobs gezicht heen en weer.

'Tja,' zuchtte Jacob, 'dat zijn inderdaad dingen die je gewoon aanneemt. De makelaar geeft ons een bosje sleutels, dus gaan wij ervan uit dat het inderdaad de sleutels van dat huis zijn. Maar dat hoeft helemaal niet zo te zijn. Ik had het niet gecontroleerd.'

'Precies. Nooit zomaar iets aannemen, Jacob.'

'Als dat zo is, dan neemt Lousman ons in de maling met een stel valse sleutels?'

'Maar welke mogelijkheid hebben we nog meer?' spoorde de oude rechercheur hem aan.

Jacob dacht diep na, maar haalde uiteindelijk zijn schouders op.

Van Opperdoes knikte.

'Wat als iemand in zijn kantoor de sleutels verwisseld heeft, zonder dat Lousman het wist? En een paar andere sleutels in het dossier hangt, zodat het niet opvalt?'

Peter van Opperdoes stak langzaam en bijna plechtig de sleutel in het slot en probeerde hem rond te draaien. Zonder moeite opende het slot zich en ging de deur open.

'Nou ja, het had gekund...' constateerde Van Opperdoes droog en draaide zich om.

Ze liepen de trap af, Van Opperdoes stommelend voorop.

'Weet je...' zei Jacob op een pesterig toontje.

'Nou?'

'Ik bedacht me ineens iets. Misschien hebben we niet alle sleutels. Er zijn er misschien wel nog meer... waar wij het bestaan niet van weten. En de makelaar ook niet.'

'O? En waar zijn die dan?'

'Zal ik je laten zien. Kom maar mee.'

Jacob ging hem voor. Peter van Opperdoes volgde hem, tevreden glimlachend om het initiatief van zijn jonge collega.

Sint Bernardus is een donker, licht naargeestig gebouw aan de Marnixstraat, gelegen naast het hoofdbureau van de politie. Veel van de oudjes die er wonen hebben hun stoel strategisch voor het raam gezet, zodat ze uitzicht hebben op de drukke Marnixstraat, waar taxi's, trams en bussen doorheen razen. Omdat de straat als dé snelweg dwars door Amsterdam wordt gezien, die de stad van oost naar west doorkruist, razen ook politieauto's, ambulances en brandweerwagens met zwaailichten en soms loeiende sirenes dag en nacht voor hun ramen langs. Er is altijd wel wat te zien.

'Kijk nou, ze hebben hem inderdaad in zijn stoel de Goudsbloemdwarsstraat uit gedragen en hier zo neer geplant,' fluisterde Jacob toen ze de kamer van Opa Romein binnenkwamen.

Opa Romein zat in zijn favoriete stoel voor het raam, een tafeltje met een pakje sigaretten en een volle asbak binnen handbereik.

'Dag, Opa Romein...' begon Van Opperdoes.

Opa Romein gebaarde driftig. 'Sst! Hij komt er zo aan.'

Jacob en Peter van Opperdoes keken elkaar even aan.

'Wie komt er zo aan?' vroeg Jacob.

'Stil nou...' Opa Romein staarde uit het raam. Een aanzwellend geluid klonk, en even later raasde een brandweerauto met loeiende sirenes voorbij het raam van de oude man. Kraaiend van plezier pakte hij een pen van het tafeltje en zette een streepje op een notitieblok. En met een tevreden blik op zijn gezicht zette hij er nog een naast.

Van Opperdoes glimlachte. Opa Romein had een scannertje, waarmee hij het mobilofoonverkeer van de politie kon afluisteren. Zo hield hij bij wanneer er politie of brandweer met spoed over de Marnixstraat zou razen.

Hij liep op Opa Romein af en wees naar het notitieblokje. 'Dat zijn er al veel...'

Opa Romein bleef naar buiten kijken. 'Achtentwintig vandaag. Deze telde voor twee. Brandweer en politie achter elkaar aan. Machtig mooi, man. Machtig mooi...'

Nu draaide hij zijn hoofd naar Peter van Opperdoes en Jacob. Hij kneep zijn ogen samen. 'De oude en de jonge.'

Hij priemde een vinger in de richting van Van Opperdoes. 'Jij bent geen arts. Daarvoor zie je er niet slim genoeg uit. Je bent ook geen familie van me. Dus wat kom je hier doen... Hm, eens even denken...'

Nadenkend wreef hij over zijn slapen, tot hij plotseling triomfantelijk een vinger in de lucht stak.

'Politie. Smerissen. Russen. Jij bent de ouwe rechercheur en hij is je jonge collega. Je komt voor m'n ouwe huis. Tweede Goudsbloemdwarsstraat. Ik had jullie al eerder verwacht.'

'Hoe weet u dat dan?' vroeg Jacob.

Opa Romein sloeg zich op zijn knieën van de pret. 'Hij weet het niet. Nou, eens kijken of jij slim bent, ouwe rechercheur. Rara, hoe weet ik dat?'

Van Opperdoes moest glimlachen om de oude baas in de stoel. Hij boog naar voren en schoof het gordijn voor het raam een klein stukje opzij. Daar stond de scanner, met wat knopjes en lichtjes aan de voorzijde.

'Stiekem meeluisteren, hè?' vroeg Van Opperdoes.

Opa Romein knikte tevreden. 'Heel goed van jou...'

Uit een klein luidsprekertje in het kastje klonk wat onverwacht geruis en gekraak, waarna een gehaaste vrouwenstem klonk. 'HB, de drie-nul-drie is ter plaatse bij de brand, samen met de brandweer.'

Van Opperdoes knikte. 'Je houdt het allemaal goed bij, hè, Opa Romein?'

'Reken maar. Nou, wat kan ik voor je doen? Maar ik zeg jullie alvast: ik weet er niks van, jongens. Ik ben daar al maanden weg.'

'We hebben een simpel vraagje, meneer Romein...' begon Jacob, maar hij werd luidkeels in de rede gevallen door de oude man in de stoel.

'Ik ben geen "meneer", ik ben Opa Romein. Altijd geweest, en dat wil ik blijven ook. Ook voor snotneuzen van de politie zoals jij.'

Jacob keek Van Opperdoes aan.

'Da's de tweede al die naar tegen me doet vandaag. Eerst die makelaar en nu hij. Heb ík dat?'

Opa Romein keek met opgetrokken wenkbrauwen van Jacob naar Van Opperdoes en weer terug.

De oude rechercheur gaf Jacob in gedachten een compliment. Hij sloeg niet alleen precies de juiste toon aan tegen Opa Romein, maar stopte hem tegelijkertijd onbewust wat belangrijke informatie toe.

'Ach, maak je niet druk, jongen. Ik bedoel het niet zo slecht. Lousman is gewoon een boer, ik neem tenminste aan dat je op hem doelt. Hij is een als Jordanees vermomde boer. Hij is nog erger, hij is een gemene boer.'

'O, ja?' reageerde Jacob. 'Waarom dan?'

'Omdat je als Jordanees geen geld jat van mede-Jordanezen. Simpel, toch.'

'En dat deed hij?'

'Hij, en zijn zoon, die bolle bijgoochem. Eén pot nat. Mij hebben ze weggepest, omdat ze die woning wilden hebben.'

Van Opperdoes trok een stoel van de smalle eettafel naar het raam en ging voor Opa Romein zitten.

'Wat wilden ze ermee dan?'

'Hetzelfde als ze met alle andere huizen doen. De ouwe bewoners wegpesten, de huur vier keer over de kop gooien en er dan een paar yuppen in stoppen.'

Hij tuurde ingespannen naar de trambaan van de Marnixstraat, waar een politiewagen langsreed. 'Maar ach, ik vond het best. Ik kwam die drie trappen toch al niet meer af. En om nou de hele dag de Tweede Goudsbloemdwarsstraat in te kijken... Hier gebeurt tenminste wat.'

'Is Lousman bij u thuis geweest?'

'Nee, zijn zoon wel. Kwam gewoon de boel bekijken, terwijl ik thuis was. Een bolle eikel is het. "Hier kan ik nog wel wat van maken, kunnen we een hoop geld voor vangen," zei hij nog. Waar ik bij zat, nota bene!'

Van Opperdoes keek Jacob even aan. 'Jij wou nog iets vragen?'

'Opa Romein, even over de huissleutels. Wie hadden er allemaal sleutels van uw woning?'

De oude opa staarde hem verbaasd aan. 'Ik, natuurlijk.'

'Niemand anders? Was er niemand anders die ook een sleutel had, om binnen te kunnen komen?'

Opa Romein schudde verbeten met zijn hoofd. 'Niks ervan. Niemand die een sleutel had. Alle sleutels heb ik ingeleverd bij de oude Lousman, die bolle oplichter, keurig netjes. Geen gezeik aan mijn hoofd. Niemand kan zeggen dat Opa Romein er een zootje van heeft gemaakt.'

'Hoeveel sleutels hebt u ingeleverd?'

'Ik had er veel te veel natuurlijk. Nieuwerwetse onzin. Wie heeft er nou zoveel sleutels nodig...'

Zijn stem daalde tot een bijna onhoorbaar gefluister, omdat zijn aandacht werd afgeleid door een ambulance die buiten langsraasde.

'Hoeveel sleutels waren het?' drong Van Opperdoes aan.

'Te veel, dat zeg ik toch? Vijf sleutels. Vijf!'

Peter van Opperdoes hief zijn hoofd en keek naar de blauwe lucht en de onbarmhartige zon die over Amsterdam scheen. Hij was blij dat hij het gebouw uit was. Niet dat de mensen in Sint Bernardus het slecht hadden, maar hij moest er niet aan denken om er te zitten. Hij verlangde plotseling hevig naar zijn woning aan de Brouwersgracht, maar voorlopig kon hij nog niet naar huis.

Naast hem klonk de stem van Jacob.

'Er waren er drie bij de makelaar en Charlotte van Tiggelen

had er één. Er moet dus iemand met de vijfde sleutel in zijn zak rondlopen.'

Peter van Opperdoes liep de portiek van Sint Bernardus uit en sloeg linksaf, richting Raampoort.

Jacob kwam snel achter hem aan.

'En die moeten we hebben...'

Van Opperdoes hield even in.

'Er is iets wat we nog veel meer moeten hebben... zonder dat hebben we namelijk helemaal niks. Niet eens een zaak.'

'O, ja? Wat is dat dan?'

'Een lijk... of, nog liever... twee lijken.'

Hoofdstuk 7

Commissaris Van Straaten, chef van het bureau Raampoort, bekeek nauwlettend de foto's die Van Opperdoes hem had aangereikt. 'Vreemd. Een heel vreemde zaak...'

Langzaam gleed zijn blik van foto naar foto. De details op de foto's die Bram van Wielingen had gemaakt van de mogelijke plaats delict waren haarscherp. Niets was hem ontgaan.

'En die mevrouw... die aangeefster, zeg maar...' De chef knipperde met zijn ogen, in een vergeefse poging zijn geheugen helder te krijgen.

'Charlotte van Tiggelen?' hielp Van Opperdoes.

'Die, ja. Is die betrouwbaar, of is ze...' Hij draaide met gestrekte wijsvinger rondjes naast zijn hoofd.

'Nee, ik heb zeker niet de indruk dat ze gek is. Integendeel zelfs.'

Van Straaten zweeg, en bladerde door de foto's.

'Dan zitten we toch met een probleem.' De commissaris wreef nadenkend over zijn slapen. 'Een gróót probleem. Want er wordt niemand veroordeeld zonder lijk. Een advocaat zal geen spaan heel laten van de getuigenverklaring van Charlotte van Tiggelen. Geen spaan. Hij zal zeggen dat ze een grote fantasie heeft, of dat er twee mannen lagen te slapen die vrolijk zijn opgestaan en weggewandeld toen zij de kamer had verlaten. Kunnen we dat weerleggen? Ik dacht het niet.'

Hij gaf de foto's terug aan Van Opperdoes.

'Prioriteit ligt dus bij de lijken. Misschien kunnen we zoeken op de lijst van vermisten?' probeerde hij. 'Misschien is iemand twee mensen kwijt?'

Jacob hield een stapeltje papier omhoog. 'De afgelopen dagen niet. Alleen een paar kwaad weggelopen pubers die al lang en breed weer thuis zijn.'

'Staan er misschien verdachte witte bestelbusjes in ons registratiesysteem?'

'Te veel om op te noemen...' Jacob wees op een enorme berg uitdraaien aan de rand van zijn bureau. 'Allemaal witte busjes.'

'Niemand in de straat of in de buurt die dat busje heeft gezien?'

'Genoeg,' antwoordde Van Opperdoes. 'Maar niemand die zich er iets van herinnert. Er rijden te veel busjes door de Jordaan. En er zijn te veel mensen op vakantie.'

'Verdikkeme...' De chef pijnigde zijn hersens. 'En de technische recherche? Heeft die al iets?'

Een chef van de oude stempel, dacht Van Opperdoes tevreden. Iemand die liever meedenkt bij een ingewikkeld onderzoek, dan dat hij zich met statistieken en beleid bezighoudt.

'Tja, er zijn mensen in die woning geweest de laatste tijd, dat was wel duidelijk. Maar op zich is dat niet strafbaar. We hebben echt meer nodig dan de verklaring van Charlotte van Tiggelen.'

'Eén getuige is géén getuige...' mompelde Van Straaten.

'Precies. Zo is het,' beaamde Van Opperdoes. Het was een oude recherchewijsheid.

Charlotte van Tiggelen had dan wel een uitgebreide verklaring afgelegd, erg veel nieuwe informatie leverde dat niet op.

Van Straaten keek naar de vloer. 'Heeft ze het wel goed gezien? Ze kan dan wel niet gek zijn, ze kan het wel verkeerd gezien hebben.'

Van Opperdoes plukte aan zijn neus. 'Dat kan. Maar ik geloof haar.'

Commissaris Van Straaten hief zijn handen ten hemel. 'Maar daar gaat de rechter nooit in mee, hoezeer jij ook in haar gelooft. Die wil bewijzen zien. En ik dus ook. Kom met bewijzen, Van Opperdoes, dan kun je doorgaan met dit onderzoek, voordat van hogerhand de stekker eruit wordt getrokken.'

'Commissaris, u bent zelf de hogerhand.'

Van Straaten schudde zijn hoofd. 'Dat denk je maar. Alles wordt tegenwoordig beslist op het hoofdbureau, mijn hogerhanden zijn gebonden. Dus kom met iets, en doe het snel. Anders...'

Hij maakte een gebaar dat het midden hield tussen een teken van triest medeleven en iets doorhakken. Het was echter duidelijk wat hij bedoelde. Het zou hem spijten, maar dan was het onderzoek onherroepelijk afgelopen.

'Ik heb alle vertrouwen in jullie. Doe je best. Ik houd jullie nog wel even uit de wind.'

En weg was hij.

Peter van Opperdoes schudde mistroostig zijn hoofd.

'Hadden we er maar meer zoals hij. Dan zou het een stuk beter gaan in Amsterdam. Ik zie veel te veel managers als leidinggevenden, mensen die leven van statistieken en dure computerprogramma's. Nooit een ouderwetse diender zoals hij, die met zijn hoofd en hersens in een zaak duikt.'

'Zoals jij...' zei Jacob zacht.

'Zoals wij, hoop ik. Ik zie dat ook in jou, Jacob. Scherpzinnig speurwerk, daar los je een zaak mee op. Niet met een computer of een statistiekje...'

Zuchtend trok hij zijn bureaulade open en zette zijn voeten erop. Met twee handen onder zijn kin verzonk hij in gepeins. Hij geloofde Charlotte van Tiggelen en kon het niet uitstaan dat hij zijn vinger er niet achter kon krijgen. We hebben iets nodig om verder te gaan, dacht hij.

Precies op dat moment werd er op de deur van de recherchekamer geklopt, waarna tot grote verbazing van Van Opperdoes het vrolijke hoofd van Ton van Maan in de deuropening verscheen.

'Heren...' begon Van Maan toen hij de recherchekamer betrad. 'Ik heb goed nieuws en ik heb slecht nieuws.'

'Hm...' bromde Van Opperdoes. 'Doe maar eerst het slechte nieuws, dan kan het daarna alleen maar meevallen.'

'Maar het goede nieuws is wel heel erg goed...' probeerde Van Maan om hem op andere gedachten te brengen.

'Nou, vooruit dan maar.'

Van Maan haalde een indrukwekkend uitziend rapport uit het tasje dat hij bij zich had en legde dat op het bureau van Van Opperdoes.

'We hebben een vingerafdruk aangetroffen, en wat DNA-materiaal.'

De ogen van Van Opperdoes lichtten op. 'Kijk, dat is mooi... en het goede nieuws is dat je ons kan vertellen van wie die vingerafdruk is, natuurlijk.'

'En ook van wie het DNA is,' vulde Jacob aan.

Ton van Maan keek van Peter van Opperdoes naar Jacob, eerst blij en daarna bedroefd. 'Jullie willen alléén maar goed nieuws. Ik wou dat ik het had.'

Van Opperdoes schoof het rapport naar zich toe, maar opende het nog niet. 'Wil dat zeggen dat je wel sporen hebt aangetroffen, maar niet weet van wie die zijn?'

'Nou... niet helemaal,' aarzelde Van Maan. 'Bij de vingerafdruk die we op een glas aantroffen, hebben we een naam. De DNA-sporen moeten nog door de database, maar zoals je weet, kan zoiets wel even duren.'

'Nou, kom maar op met die naam,' drong Jacob aan. 'Je maakt ons nu wel erg nieuwsgierig.'

'Ik kan alleen nog steeds niet bevestigen dat er lijken in de woning zijn geweest. Er zijn geen sporen die daarop wijzen. Zoals ik al zei: als er sporen waren geweest, dan zijn ze door het chloor behoorlijk vernield.'

Dat was een tegenvaller. Commissaris Van Straaten had de vinger op de zere plek gelegd toen hij zei dat er zonder lijk – of bewijs dat er een lijk had gelegen – geen zaak was.

Van Opperdoes knikte en wenkte uitnodigend met zijn hand. 'Kom dan maar op met het goede nieuws, Ton. Dat kunnen we zo langzamerhand wel gebruiken.'

Ton van Maan haalde diep adem, maar wilde het moment suprême nog even uitstellen. 'De vingerafdruk in de woning was vers. Ik heb begrepen dat de vorige bewoner de woning vier maanden geleden heeft verlaten. Maar deze vingerafdruk was vers. Heel vers. Uren, hooguit een paar dagen oud.'

'Dat is mooi... ' zei Van Opperdoes. 'En van wie is de afdruk?'

Eindelijk sprak Ton van Maan de verlossende woorden. 'Van Robert Lousman, de zoon van de makelaar.'

Peter van Opperdoes en Jacob keken elkaar aan. Dat was inderdaad erg goed nieuws. Makelaar Lousman had er met geen woord over gesproken dat zijn zoon in de afgelopen vier maanden in de woning was geweest. Lousman wist het dus niet, of wilde het niet aan de politie vertellen. Daar kwam nog bij dat Robert Lousman zeker geen onbekende was van de politie.

De oude rechercheur overdacht dit alles, ging rechtop zitten en keek zijn jonge collega aan. Ze dachten beiden hetzelfde: als Robert Lousman inderdaad in de woning in de Tweede Goudsbloemdwarsstraat was geweest, wat was dan zijn rol in het geheel?

Was hij daar vermoord... of was hij misschien de moordenaar?

Het was alsof makelaar Lousman haarfijn aanvoelde dat hij zich niet meer zo kon opstellen als hij eerder had gedaan. Bijna timide zat hij op de bank voor de balie van bureau Raampoort, toen Jacob de tussendeur opende. Lousman keek vragend op, waarna Jacob wenkte dat hij verder kon komen.

'Is er iets gebeurd?' vroeg Lousman, terwijl hij achter Jacob de grote trap van het bureau beklom.

'We hebben het er boven wel over...' antwoordde Jacob, en omdat het trapportaal zo groot en hoog was, klonk zijn antwoord extra dreigend en sinister.

Lousman knikte bedeesd.

'Meneer Lousman...' verwelkomde Van Opperdoes de makelaar in de recherchekamer. Lousman knikte en zakte gedwee op de stoel waar de oude rechercheur hem op wees. 'Wat kan ik voor jullie doen?'

Jacob schoof een velletje papier voor Lousman. Die boog even voorover en las wat er op stond.

'Is dit het juiste telefoonnummer van je zoon?' vroeg hij zacht.

'Denk je dat ik dat uit mijn hoofd weet? Ik heb al moeite mijn eigen nummer te onthouden.'

Van Opperdoes haalde het velletje papier weer terug en vouwde het nadenkend in vieren. 'Zou je het even voor ons willen nakijken dan?' Hij schoof het nummer weer terug in de ordner die voor hem lag. 'Laat ik het anders zeggen. Wij proberen al een paar uur je zoon te bereiken, onder andere via dit nummer. Maar er wordt niet opgenomen en wij hebben geen idee waar hij is. We moeten hem dringend spreken.'

'Je bent niet de enige...' mompelde Lousman. 'Ik heb ook geen idee waar hij is.'

Van Opperdoes keek hem strak aan. 'O, nee? Wanneer heb je hem voor het laatst gesproken, dan?'

'Luister, Van Opperdoes, je maakt me behoorlijk nerveus. Zeg gewoon wat er aan de hand is. Eerst dat gezeur over die woning. Nu wil je mijn zoon spreken. Wat is er? Heb je daar soms een wietplantage aangetroffen en denk je dat Robert daar iets mee te maken heeft?'

Van Opperdoes boog voorover. 'Het is allemaal iets serieuzer dan dat, Lousman. We moeten echt weten waar je zoon is.'

De uitval van Lousman was even onverwacht als schrikbarend. Hij sprong met een vreemd verwrongen gezicht op en sloeg met zijn vuist op tafel. Niet zozeer van woede, maar uit een soort pure wanhoop. Lousman bleef even staan, zijn vuist trillend op het bureau. 'Laat mijn zoon met rust...'

'Ga even rustig zitten.' Van Opperdoes' kalme toon had het gewenste effect.

Lousman zakte langzaam terug op de stoel. 'Neem me niet kwalijk... Het is... het zal...' Maar hij kwam niet uit zijn woorden. Hij wuifde met zijn hand ter verontschuldiging en klemde die vervolgens in zijn andere hand, alsof hij er te hard mee op de tafel had geslagen, maar het niet wilde laten merken.

'Wat is er aan de hand, dat je zo emotioneel reageert?' vroeg Van Opperdoes zacht.

Lousman schudde zijn hoofd. Hij had weer wat controle over zichzelf.

'Waar is Robert?' vervolgde de oude rechercheur.

'Ik weet het echt niet.'

Van Opperdoes keek Jacob even aan, die heel kort en bijna onmerkbaar zijn schouders ophaalde. Van Opperdoes moest een beslissing nemen. Tot nu toe was er nog weinig bekend gemaakt over de Tweede Goudsbloemdwarsstraat.

Peter van Opperdoes boog zich voorover.

'Luister. We stellen een onderzoek in naar wat er in die woning is gebeurd. We weten dat je zoon in die woning is geweest.'

Hij zweeg even en keek naar Lousman, die ieder oogcontact met de oude rechercheur zorgvuldig meed.

'Je maakt mij niet wijs dat je daar niks vanaf weet. Nu proberen we Robert te traceren, maar hij is nergens te vinden.'

Van Opperdoes maakte een bezwerend armgebaar. 'Dus onze vragen zijn simpel. Ten eerste, waar kunnen we je zoon vinden? Ten tweede, wat is er in die woning gebeurd?'

Het leek minuten te duren voor Lousman reageerde. Hij zweeg, en het leek alsof er een dierlijk gegrom als een diep onderdrukte kreet van wanhoop of angst aan zijn mond ontsnapte. Uiteindelijk keek hij op, van Peter van Opperdoes naar Jacob.

'Robert is weg.'

'Hoe bedoel je dat?' vroeg Van Opperdoes argwanend, vrezend voor het antwoord dat Lousman hem zou geven.

‘Weg, verdwenen. Ik weet echt niet waar hij is, ik krijg ook geen contact met hem. Ik ben bang dat hem iets is overkomen.’

Hoofdstuk 8

Jacob klonk stellig. 'Het is een briljante toneelspeler. Hij weet er meer van.'

Van Opperdoes legde zijn vinger over zijn lippen en tegen het puntje van zijn neus. Hij weifelde. 'Ik durf het niet te zeggen... echt niet. Als hij inderdaad doet alsof... dan acteert hij wel erg goed.'

Ze waren even weggelopen uit de verhoorkamer, waar Lousman zijn verklaring aflegde. Jacob schonk koffie in voor Van Opperdoes. 'Geloof me, hij is erg goed. Hij neemt ons allemaal in de maling. Zijn zoon is de moordenaar, en is nu gewoon gevlucht. En hij, de makelaar die nu zo verslagen in de verhoorkamer zit, weet precies wat er in die woning is gebeurd. En nog veel belangrijker, hij weet precies waar zijn zoon is.'

Van Opperdoes schoof zijn vinger heen en weer. 'Misschien. Het zou kunnen. Maar stel je nou eens voor dat hij inderdaad de waarheid spreekt. Zou toch ook kunnen?'

Jacob keek even naar het pruttelende water in de waterkoker, waar hij een kopje thee van zou gaan zetten. Hij had van zijn oude en – vond hij – wijze collega inmiddels wel geleerd dingen van meerdere kanten te bekijken, dus stond hij welwillend tegenover de theorie van Van Opperdoes.

'Oké, stel inderdaad dat dat zo is. Wou je hem dan nu gaan

vertellen dat er misschien iemand vermoord is in die woning? En dat een van de slachtoffers misschien zijn zoon is?'

Van Opperdoes keek Jacob rustig aan. 'Dat, mijn beste Jacob, weet hij allang...'

Maar hoewel hij het volgens Van Opperdoes allang wist, gaf makelaar Lousman geen krimp toen ze verder gingen met het verhoor. Het was bij die ene korte emotionele uitval gebleven, daarna reageerde Lousman weer zoals hij de hele tijd gedaan had: stuurs, onwillig, onvoorspelbaar.

Hij hield vol niet te weten waar zijn zoon was, en niet te weten wat hij gedaan had – of wat er met hem gebeurd was.

'Hoe lang heb je al geen contact met je zoon?' wilde Van Opperdoes weten.

'Een paar dagen. Maar dat is heel normaal. Ik bedoel, het is een volwassen kerel, die belt niet iedere dag met zijn vader.'

Jacob trommelde met zijn vingers op de tafel. 'Maar hij werkt toch voor u?'

Met enige tegenzin gaf Lousman toe. 'Soms, ja. Hij doet weleens wat klusjes. Maar hij staat ook weleens ergens achter de bar. Hij verdient zijn geld toch wel, daar heeft hij mij niet voor nodig.'

Van Opperdoes schoof een papiertje en een pen onder de neus van Lousman. 'Geef ons even zijn juiste adres en telefoonnummer. Dat heb je nu vast wel bij je. Wij gaan wel zoeken.'

Zwijgend begon Lousman te schrijven. Hij zette een zorgvuldige punt toen hij klaar was.

Van Opperdoes pakte het papiertje op en knikte. 'Goed, dan gaan we hiermee verder. Vertel me nu even, wat denk jij dat er in die woning is gebeurd?' Het leek erop alsof

Lousman zichzelf weer onder controle had. 'Ik heb geen idee. Het stond leeg, jullie hebben de sleutels. Ik weet niet wat er is gebeurd. Klaar.'

'Je zei net zelf dat je bang was dat hem iets is overkomen. Waar baseerde je dat dan op?'

'Op jullie gedrag. Jullie maken me nerveus met dat niks zeggen. Dan ga je je vanzelf allerlei dingen in je hoofd halen.'

Jacob klonk schamper. 'O? En nu ben je niet meer nerveus?'

'Nee. Nu ben ik alleen maar kwaad.'

'Zit je zoon in de problemen? Ben je daarom bang?'

Lousman schudde zijn hoofd. 'Ik weet niet waar hij is. Dat is het enige. Zoek hem op en vraag het hem zelf.'

Van Opperdoes vouwde het papiertje met het adres zorgvuldig op. 'Daar waren we al mee bezig.'

Hij liep naar de deur van de verhoorkamer, opende die, maar aarzelde om weg te gaan. In plaats daarvan draaide hij zich nog een keer om.

'Had jouw zoon een sleutel van het pand?'

Lousman leek een fractie van een seconde te aarzelen.

'Nee, natuurlijk niet. Je hebt alle sleutels toch?'

Van Opperdoes knikte. 'Natuurlijk. Dat zei je al...'

Jacob knikte naar Lousman. 'Komt u maar. We zijn klaar.'

Lousman stond op, trok zijn jasje recht en volgde Jacob naar de uitgang van het bureau.

Van Opperdoes keek hem na toen hij de trap af liep en wist niet wat hij moest denken.

Toen Jacob weer terugkwam in de recherchekamer, zag hij Peter van Opperdoes met een plastic zakje in zijn handen zitten. Hij draaide het om en om.

Jacob wees ernaar. 'Dat is een simkaartje... uit een mobiele telefoon.'

'Scherp opgemerkt,' grapte Van Opperdoes.

'Ha, ha. Ik bedoel, hoe kom je daaraan?' wilde Jacob weten.

Van Opperdoes legde het kleine rode kaartje voor zich op het bureau. 'Dat lag in de woning. Ik wilde eigenlijk eerst weten of het wel de moeite waard was om te laten onderzoeken op vingerafdrukken. Maar ja, nu we eenmaal zover zijn...'

Jacob pakte het simkaartje. 'Dit is om meerdere redenen interessant.'

'Ja, misschien ook wel DNA. Tegenwoordig kunnen ze zo veel,' begreep Van Opperdoes.

'Maar denk eens aan alle gegevens die misschien op deze kaart staan. Contactpersonen, sms-berichten misschien. Je weet maar nooit.'

'Staat dat daar ook allemaal op?'

Jacob knikte. 'Als we geluk hebben wel.'

'En hoe kunnen we die gegevens van dat... dat...' – de oude rechercheur priemde met zijn vinger naar het koperen vierkantje op de rode simkaart – '... glimmende dingetje af krijgen?'

'De technische recherche gaat eerst kijken of er DNA of vingerafdrukken op zitten,' legde Jacob uit. 'En voor de data op het kaartje hebben we onze digitale rechercheurs. Roy IJsselstein doet dat hier, samen met Bas Jesse. Ze hebben een kamertje vol snoertjes en draadjes en stekkertjes...'

Van Opperdoes moest glimlachen, want dat kamertje was hem weleens opgevallen. Als twee kabouters in een donker, diep in een ondoordringbaar bos verborgen hol, waren ze op de zolder van het bureau bezig met allerlei geheimzinnige digitale abracadabra. Het wemelde er van technische apparatuur, waarvan alleen zij de fijnzinnige betekenis kenden. Van Opperdoes bleef er altijd zo ver mogelijk vandaan, omdat al die digitale onzin hem boven de pet ging. Het leek wel of er per dag meer mogelijk werd, zowel met technische als met digitale sporen.

Van Opperdoes was er eigenlijk niet zo van gecharmeerd. Wat had je eraan als je kon bewijzen – met metingen en historische gegevens – dat een mobiele telefoon van een crimineel op een bepaald moment op een bepaalde plek was geweest? Er werd veel te veel waarde aan gehecht, vond Van Opperdoes. Als de telefoon op die bepaalde plek was, wilde dat absoluut niet zeggen dat de crimineel daar óók was geweest. En dat werd nog weleens vergeten door collega's die zich daar blind op staarden.

Maar, moest Van Opperdoes toegeven, het kon wel heel verhelderend zijn om te weten welke namen er op de simkaart stonden.

Nadat Ton van Maan de simkaart 'bemonsterd' had op DNA-sporen, liepen Jacob en Van Opperdoes naar de kamer van de digitale rechercheurs. Om daar te komen moesten ze een smalle deur door op de tweede verdieping en een steile trap beklimmen die leek op een kasteeltrap, die naar het uiterste puntje van de uitkijktoren leidde.

'Zo, Van Opperdoes, is je ketting zo lang dat je helemaal hierheen kan komen klimmen?' riep Roy IJsselstein naar beneden, toen hij zag hoe de oude rechercheur zichzelf moeizaam de trap op hees.

Van Opperdoes moest glimlachen. IJsselstein had net als hij jaren op de Warmoesstraat gewerkt en was nog niets van zijn typisch cynische en harde manier van doen kwijt geraakt. Of misschien was het wel typisch Amsterdams: een grote bek en een klein hartje.

'Nou, wat moet je?' wilde IJsselstein weten, toen Peter van Opperdoes eenmaal boven was. 'Ik had eigenlijk nooit gedacht dat jij hier nog eens zou komen. Jij moest toch niks hebben van die nieuwerwetse troep?'

Van Opperdoes strekte zijn hand uit, waar de simkaart in lag. 'Kun je hier iets mee?'

IJsselstein pakte het kaartje en stopte het in een computer. 'Waarschijnlijk veel meer dan je denkt. Wat wil je weten?'

'Alles,' antwoordde Jacob.

'Alles, alsjeblieft...' mompelde IJsselstein zonder op te kijken.

Jacob keek Van Opperdoes zuchtend aan. Die haalde zijn schouders op, gewend als hij was aan de manier van doen van IJsselstein.

'We willen graag alles weten,' zei Jacob. 'Alsjeblieft,' liet hij er met nadruk op volgen.

De mond van IJsselstein plooide zich in een glimlach. 'Goed zo. Ik bel je op zodra ik het kaartje heb leeggetrokken.'

'Heb je enig idee wanneer?'

'Niet mij opjutten, hè.' Waarschuwend zwaaide hij een vinger heen en weer.

Van Opperdoes klopte IJsselstein bemoedigend op de rug. 'Neem je tijd. Als het morgen maar klaar is.'

IJsselstein zette grote ogen op. 'Morgen?'

'Morgen.'

'Maar het is al avond!'

Van Opperdoes glimlachte. 'Dat wordt dan doorwerken, Roy...'

De warme zon had plaatsgemaakt voor een heerlijk zwoele zomeravond. Groepjes jongeren liepen lachend en flirtend voor het oude bureau langs, onderweg naar de vele cafés op en rond het Leidseplein. Een brandweerwagen maakte zich los van de kazerne op de andere hoek van de Marnixstraat en verdween met gillende sirenes de nacht in. Peter van Opperdoes stond voor het raam te wachten op Jacob.

'Zie je ze?' vroeg zijn vrouw.

'Wie?'

'Die stelletjes. Kun je je voorstellen dat wij ooit ook zo gewandeld hebben toen we hier samen op kamers woonden?'

Peter van Opperdoes herinnerde het zich. Twee jonge geliefden, die de wereld aankonden en hun hele leven nog voor zich hadden.

'Vermaak je je een beetje met deze zaak?'

De oude rechercheur trok zijn wenkbrauwen op. 'Pas maar op. Als ik er straks achter kom dat er helemaal niks gebeurd is in die woning... dan zwaait er wat voor je!'

De vrolijke lach van zijn vrouw klingelde in zijn oren. 'Nou, dat zou een mooie zijn...'

'Ik heb het idee dat je mij gewoon bezig wilt houden met een hele spannende puzzel. Die misschien wel helemaal geen puzzel is.'

'Zo gemeen ben ik echt niet, dat weet je ook wel,' stelde ze hem gerust. 'Er is daar wel degelijk iets gebeurd...'

Aan de overzijde van het bureau, op de hoek met de Bloemgracht, stond een verliefd stel innig te zoenen. De oude rechercheur ervoer een gevoel van heimwee en zacht verdriet, dat door zijn lichaam trok. Langs zijn gezicht streek een zucht warme wind, die door de tochtige ramen had kunnen komen, of ergens anders vandaan.

Zijn verdriet verdween plotsklaps, hij voelde zich gelukkig dat zijn vrouw toch nog zo dicht bij hem was.

Hij slikte even en haalde diep adem.

'Hé, even wat anders... jij kunt me toch ook gewoon vertellen wat er daarbinnen is gebeurd? En wie de dader is? Zelfs waar de dader nu is?' Hij veranderde maar even van onderwerp.

Zijn vrouw giechelde. 'Je weet echt niet hoe het werkt hierboven, hè? Als ik dat doe, krijg ik ruzie.'

'Ruzie? Ruzie met wie?'

'Met de grote baas hier. En daar wil ik geen ruzie mee krijgen. Het is tegen de regels en dan stuurt ie me weg.'

'Waar naartoe?'

'Naar beneden. Dus ik kijk wel uit.'

Van Opperdoes glimlachte. 'Jij naar beneden. Ja, ja...'

'Het zal ook wel loslopen. Maar toch, meer dan dit kan ik je niet vertellen. Je zal het helemaal zelf moeten uitzoeken. Met Jacob. En ik houd je wel in de gaten, goed?'

Van Opperdoes knikte. Het verliefde stel aan de overkant was eindelijk uitgezoend en liep innig gearmd door.

'Waar ga je nu naartoe?' wilde ze weten.

'Naar de woning van Robert Lousman. We moeten toch weten waar hij is. Misschien is hij wel thuis.'

'Hm...' hoorde hij. 'Ik betwijfel het.'

Peter van Opperdoes hoorde een lichte aarzeling in haar stem.

'Niet goed?'

'Natuurlijk wel. Je moet er toch naartoe. Wie weet wat je daar aantreft...'

De stem van Jacob klonk vanaf de gang. 'Peter... ik heb de sleutels van de rechercheauto. Kom je?'

De oude rechercheur zag het verliefde stel om de hoek verdwijnen en zuchtte diep.

'Ik moet gaan...'
'Ik weet het. Tot snel, mannetje...'
Een laatste warme tocht draaide rond zijn hoofd en verdween toen.
Van Opperdoes deed het licht uit en verliet de recherchekamer.

Robert Lousman had het noordelijke gedeelte van de Jordaan – rond de Westerstraat en de Noordermarkt – verlaten en was in het zuidelijke deel gaan wonen, op de derde verdieping boven een kroeg op de Looiersgracht. Het was een ritje van een paar minuten en zou ook goed te lopen zijn vanaf de Raampoort, maar Peter van Opperdoes was moe na een lange dag werken en liet zich lekker rijden.
Jacob parkeerde de auto op de brug van de Prinsengracht. Van Opperdoes hees zich uit de auto en haalde diep adem.
Jacob keek bezorgd. 'Gaat het?'
De oude rechercheur rekte zich uit. 'Natuurlijk gaat het. We zijn alleen al... hoeveel is het... een uur of veertien bezig? Jij zat zelfs vanochtend nog op de camping. We hebben nogal wat gedaan vandaag.'
Jacob haalde zijn schouders op. 'Geen probleem, toch? We kunnen ook morgenochtend verdergaan. Dan stoppen we nu.'
Van Opperdoes liet zijn blik glijden over het pand waar Robert Lousman zou moeten wonen. 'Nee, laten we dit nog maar even doen. Het vervelende vind ik alleen dat we al een hele dag bezig zijn, en nog geen klap zijn opgeschoten.'
Jacob keek omhoog, naar de derde verdieping waar Robert zou wonen. 'Misschien zijn we gauw klaar. Het ziet er donker uit.'
Het terras van het café zat vol vrolijke mensen. Rechts naast

de toegangsdeur bevond zich een van de meest beroemde, of in ieder geval meest gefotografeerde, beelden van Amsterdam: 'de vaste klant'. Een prachtig beeld, van een oude man die een kat aait. Als je 's nachts over de Looiersgracht liep en het was donker, zou je zweren dat er nog iemand op het terras was achtergebleven. Nu gingen een paar toeristen om beurten naast het beeld zitten en lieten zich uitgebreid fotograferen, armen om de man heen of de poes aaiend.

Van Opperdoes keek het allemaal even aan en belde toen aan bij de deur, rechts van de ramen van het café. Hij wachtte en wachtte...

Jacob deed een paar passen achteruit en hield de ramen in de gaten.

'En natuurlijk wordt er niet opengedaan. Het zal eens een keertje meezitten.'

De ober van het café kwam naar buiten lopen, met een dienblad vol bier. Nadat hij alles had uitgedeeld, kwam hij naast Jacob staan en keek geïnteresseerd mee naar boven.

'Hé... kom je voor Robert?'

Jacob keek onschuldig. 'Uhuh... is ie thuis?'

De ober keek nog een keer naar boven. 'Denk het niet. Kijk zelf maar, de gordijnen zijn wel dicht, maar volgens mij brandt er geen licht. Ik heb hem vandaag ook nog niet gezien. Gisteren trouwens ook niet, nu ik er zo over denk.'

'Hallo? Ober?' klonk het ongeduldig vanaf het terras. De ober stak zijn hand op ten teken dat hij er zo aan zou komen.

'Niet zo ongeduldig...'

Hij keek weer naar boven, toen keek hij naar Van Opperdoes, die erbij kwam staan.

'Recherche, hè?'

Het was meer een constatering dan een vraag.

'Is er iets gebeurd?'

Van Opperdoes plukte aan zijn neus. 'Geen idee eigenlijk...'

'We hebben een sleutel van de voordeur, als dat helpt.'

Van Opperdoes reageerde verrast. 'Kijk, daar hebben we wat aan. Graag...'

'Wacht maar even.' De ober negeerde de vragende blikken op het terras en verdween naar binnen, om even later terug te keren met een sleutel aan een houten plankje.

'De eerste verdieping is van ons, vandaar. Maar je kan zo doorlopen naar boven.'

Jacob opende de voordeur, knipte het licht aan en liep naar boven, gevolgd door een iets tragere Van Opperdoes.

'Het zal eens niet op de derde verdieping zijn...'

Van Opperdoes begon de derde trap te beklimmen, toen hij Jacob hoorde, die hem riep. 'Peter... de deur staat open.'

Zo snel zijn stramme benen konden, besteeg Van Opperdoes de laatste trap. De deur stond op een kier... en binnen in de woning brandde een zacht licht.

Jacob duwde de deur langzaam verder open en keek voorzichtig naar binnen. Niets te zien. Met zijn hand op zijn pistool betrad hij de woning.

'Jij hebt je pistool zeker weer niet bij je?' fluisterde hij.

'Nee. Schiet jij maar voor mij,' fluisterde Van Opperdoes terug.

Jacob bleef stilstaan en draaide zich om. Hij staarde recht in het grijnzende gezicht van Van Opperdoes.

'Kun je misschien even serieus doen?' vroeg Jacob.

Van Opperdoes haalde zijn schouders op. 'Waarom? Er is toch niemand meer binnen. Kijk maar.'

Jacob keek om zich heen. De hele woning was overhoop gehaald. Kasten waren leeggetrokken en de inhoud lag over de grond verspreid, kussens lagen naast de bank, die zelf op z'n rug lag. De onderkant was ruw opengesneden.

Jacob ontspande nog niet helemaal. Voorzichtig bekeek hij de overige kamers.

'En?' riep Van Opperdoes vanuit de woonkamer.

'Niks.'

'Nee, dat dacht ik al. Wat had je dan verwacht? Een lijk?'

Jacob liep de woonkamer weer in. 'Zou kunnen toch? We zijn Robert Lousman kwijt, wie weet lag hij in zijn woning.'

Van Opperdoes keek nadenkend rond. 'Dat zouden dan twee huizen zijn in de Jordaan waar lijken liggen. Die kans acht ik niet zo groot.'

'Je weet maar nooit.'

Het werd even stil in de woning. Beide rechercheurs observeerden de doorzochte woning en haalden de meest vreemde fantasieën in hun hoofd. Jacob doorbrak de stilte.

'Er kan van alles gebeurd zijn. Van een inbreker die gestoord werd door de bewoner, tot Robert Lousman die gek is geworden en zelf zijn hele huis heeft gesloopt.'

Van Opperdoes knikte. 'Ik dacht aan plekken waar we niet gezocht hebben. Stel je voor dat er hier in huis wel een lijk ligt... maar wij het gewoon niet gevonden hebben, omdat we denken dat er geen lijk ligt?'

'En waar zou dat lijk dan liggen?'

Van Opperdoes wees op een deur in de woonkamer.

'In die kast daar...'

Jacob keek naar de deur, die er plotseling heel sinister uitzag, alsof er een groot en wreed geheim achter school.

'Denk je echt, dat daar...' begon Jacob.

De oude rechercheur haalde zijn schouders op.

'Het zou zomaar kunnen... Het is de enige kast die dicht zit.'

Jacob liep naar de deur, aarzelde, draaide toen de sleutel om en opende de deur voorzichtig. Hij hield er rekening mee dat er, net als in een horrorfilm, plotseling een lijk de kamer in zou vallen.

Maar dat gebeurde niet.

De kast was weliswaar ook doorzocht en lag helemaal overhoop, maar geen lijk.

'Tja,' sprak Van Opperdoes, 'het zou ook wel heel apart geweest zijn...'

'Nou ja... laten we doordenken. Ze hebben de boel doorzocht, en goed ook. Daarna zijn ze weggegaan, zonder dat ze zich druk maakten om de voordeur. Wat wil dat zeggen?'

'Dat ze enorme haast hadden en de deur vergaten dicht te doen. Of dat ze niet bang waren voor ontdekking achteraf. Een van de twee,' concludeerde Van Opperdoes. 'Dat laatste zou je trouwens alleen doen, als je de rechtmatige bewoner niet snel thuis verwacht. Ze hebben alle tijd genomen om de boel te slopen en te doorzoeken.'

Jacob pakte zijn telefoon om de technische recherche te waarschuwen. 'Dat doet het ergste vrezen voor Robert Lousman...'

Van Opperdoes had plastic handschoenen aangetrokken die hij altijd in zijn jaszak had zitten, en rommelde tussen de papieren en andere spulletjes op de grond. 'De vraag is natuurlijk of dit voor de moorden in de Tweede Goudsbloemdwarsstraat is gebeurd, of erna... Stel je voor dat ze ingebroken hebben bij Robert Lousman... hier dus... en dat Robert erachter is gekomen wie dat heeft gedaan. Stel je voor dat ze iets heel duurs van hem hebben gestolen... en dat hij op wraak uit was. En stel je toch eens voor dat Robert Lousman de daders van de inbraak vermoord heeft in de Tweede Goudsbloemdwarsstraat...'

‘Zou heel goed kunnen...’ beaamde Jacob. Hij wilde het nummer intoetsen van de TR, maar voordat zijn vinger op de eerste toets drukte, begon zijn telefoon te rinkelen.

‘Met Jacob...’

Hij luisterde even en keek onderwijl op naar Van Opperdoes.

‘Oké, bedankt. Dat had ik niet verwacht...’

Peinzend borg hij zijn telefoon op.

‘Wat had je niet verwacht?’ wilde Van Opperdoes weten.

‘Die theorie van jou...’ begon hij.

‘Mooie theorie, zeg nou zelf,’ beaamde de oude rechercheur.

Jacob knikte. ‘Dat zeker... maar hij gaat niet op. Niet meer, in ieder geval.’

‘O? Want?’

‘Het lijk van Robert Lousman is zojuist gevonden.’

Hoofdstuk 9

De Amsterdamse Brug, die in de volksmond vaak de Schellingwouderbrug wordt genoemd, verbindt de Zeeburgerdijk met het Zeeburgereiland. De gemeente heeft er een skatebaan geplaatst die overdag veel gebruikt wordt, maar zodra de duisternis invalt, verandert het in een lugubere, verlaten plek.

'De ideale plek om een lijk neer te leggen...' mompelde Peter van Opperdoes. Het licht van de koplampen van de rechercheauto scheen over de grond en rustte naast de rijbaan op een donkere bult, die al het licht leek op te slokken.

De beide rechercheurs stapten uit. Ver boven hen raasde een eenzame auto over de brug naar Zeeburg. Een rood-wit lint wapperde verderop in de zwoele zomerwind, alhoewel het niet echt nodig was. De plek waar ze nu stonden was doodstil en verlaten, en het zag er niet naar uit dat er veel toeschouwers zouden komen.

Zelfs de enige agent die op de plaats delict stond, leek niet verbaasd dat op deze plek een vreselijke ontdekking was gedaan. Hij knikte vriendelijk, terwijl hij het lint omhooghield.

'Wie heeft het lichaam ontdekt?'

'Wijzelf. We reden langs tijdens onze surveillance en zagen hem liggen. Eerst dachten we aan een zwerver die dronken in slaap gevallen was, maar ja, dat gebeurt hier bijna nooit. Toen was vrij snel duidelijk dat hij geen adem meer haalde. Dat gat in z'n hoofd hielp ook niet.'

De agent overhandigde Jacob een portemonnee.

'Deze hing half uit zijn achterzak. Er zit geen geld in, wel zijn rijbewijs. Vandaar dat we jullie gewaarschuwd hebben. Hij woont in jullie district, toch?'

Jacob knikte. 'Goed gedaan. We zochten hem al.'

Hij haalde een plastic zak uit de recherchewagen en stopte de portemonnee er voorzichtig in.

'Zullen we dan maar?' vroeg Van Opperdoes en knikte in de richting van het stoffelijk overschot.

Naarmate ze dichterbij kwamen, kreeg de zwarte bult steeds meer vorm. Het lichaam van Robert Lousman lag in een vreemd verwrongen houding naast de skatebaan.

'Een trieste plek om aan je einde te komen...' vond Jacob, terwijl hij zijn notitieboekje tevoorschijn haalde en de eerste aantekeningen begon te maken. Hij noteerde op welk tijdstip ze ter plaatse waren en maakte een grove schets van de omgeving en de plek waar het lichaam lag.

Met weerbarstig krakende knieën zakte Van Opperdoes op zijn hurken naast het stoffelijk overschot. Langzaam liet hij zijn blik over het lichaam van de dode man glijden en nam daarbij alle details in zich op. In tegenstelling tot zijn jonge collega maakte hij geen aantekeningen. Hij vertrouwde liever op zijn ogen en zijn fotografisch geheugen. Bovendien combineren en deduceren notitieboekjes niet, vond hij, en de menselijke geest wel.

Van Opperdoes dacht even na over de opmerking van Jacob. 'Die conclusie moet je nog niet trekken. Een trieste plek om als overledene te liggen, dát mag je wel concluderen.'

Van Opperdoes liet zijn blik over de modderige zijkanten glijden.

'Kijk... daar,' wees hij.

De bandensporen waren onmiskenbaar.

'Dus dan zou hij in de woning in de Tweede Goudsbloemdwarsstraat gelegen hebben... en hiernaartoe zijn gebracht en gedumpt?'

Van Opperdoes kwam moeizaam overeind en haalde zijn schouders op. 'Het kan. Alles kan, tot we iets zeker weten...'

Vanuit het Amsterdam-Rijnkanaal klonk het sonore gebrom van een zware dieselmotor. De lichtjes van een zwaarbeladen vrachtschip verschenen boven de dijk en zakten langzaam het kanaal af, de duisternis van de zomernacht in. Van Opperdoes keek in gedachten om zich heen, liep een paar passen de dijk op, en weer af.

'Wat doe je?' vroeg Jacob.

'Zoeken... want...' Van Opperdoes stak zijn vinger omhoog. 'Als Robert Lousman hier is gedumpt vanuit het witte busje... dan ligt hier misschien ook wel ergens het tweede lijk...'

Vijf jonge politieagenten, die Jacob vanaf het bureau had laten komen, liepen naast elkaar over de dijk onder aanvoering van een brigadier. Met hun lange wapenstokken prikten ze in het lange gras, terwijl zes lichtbundels van sterke zaklantaarns door de duisternis zwiepten.

Jacob was verdwenen achter de pilaren van de brug, waar hij rondkeek of daar het tweede lichaam was gedumpt.

Van Opperdoes bezag het tafereel vanuit de recherche-auto, waarin hij was gaan zitten. Door de bosjes en de troep struinen was meer iets voor de jonge collega's, vond hij.

Het lichaam van Robert Lousman lag nog onaangeroerd op dezelfde plek, in afwachting van de schouwarts en de technische recherche.

De oude rechercheur trommelde met zijn vingers op zijn knieën, terwijl hij de dag overdacht. Er was veel gebeurd, maar het raadsel was er niet makkelijker op geworden. Charlotte van Tiggelen had misschien toch gelijk gehad. Zij had twee lijken gezien, zei ze, en nu hadden ze er één gevonden die daar op z'n minst mee in verbinding stond.

In de verte zag hij de felle lichten van de zoekende collega's over het landschap en het water scheren. Ze hielden er ook rekening mee dat het lichaam in het water terecht kon zijn gekomen.

Stel, dacht Van Opperdoes, dat het verhaal van de buurvrouw klopte... stel dat de lichamen inderdaad in een wit busje vanuit de Tweede Goudsbloemdwarsstraat naar deze plek waren vervoerd, en vervolgens hier waren gedumpt... Was het dan puur toeval dat Charlotte van Tiggelen net voordat de lichamen werden opgehaald de woning in was gegaan? Dat was natuurlijk heel goed mogelijk. Het zou wel héél toevallig zijn, maar Van Opperdoes wist dat toeval niet bestond. Hij had te vaak dingen meegemaakt die té toevallig leken – maar wel echt waren gebeurd. Meermalen had hij Jacob al op het hart gedrukt nooit iets af te doen met: 'Ach, zoiets gebeurt toch nooit.'

Er borrelde iets op in de gedachten van Van Opperdoes. Stel je nu eens voor dat...

Maar voor hij de gedachte af kon maken, klonk een bescheiden claxon van een auto achter hem. Van Opperdoes draaide zich moeizaam om en zag het kleine witte autootje van de schouwarts van de GG&GD.

Een aantrekkelijke, lange dame stapte uit. Ze droeg een zwarte bril, maar de warme glimlach waarmee ze op Van Opperdoes af liep, compenseerde dat beeld meer dan voldoende.

‘Rechercheur?’

Hij schudde haar warm de hand. ‘Peter van Opperdoes.’

‘Cathelijne de Wind.’

‘Ik heb volgens mij niet de eer gehad u eerder te hebben ontmoet...’ glimlachte Van Opperdoes. ‘U bent nieuw, als schouwarts?’

Haar uitstraling deed Van Opperdoes de onaangename omgeving vergeten.

‘Ik werk inderdaad nog niet zo lang bij de GG&GD. Maar wel met veel plezier.’

Van Opperdoes knikte. ‘Dat kan ik me voorstellen. U werkt er fulltime? Meestal zijn de Amsterdamse schouwartsen huisartsen die naast hun dagelijkse praktijk een bijbaantje hebben als schouwarts, toch?’

‘Ja, daar hebt u helemaal gelijk in. Maar ik ben in dienst van de gemeente, als forensisch arts. Bevalt me prima. Elke keer weer anders. En je komt nog eens ergens...’

Ze keek om zich heen en uiteindelijk bleef haar blik rusten op het lichaam van Robert Lousman.

‘Zo... is dat het slachtoffer?’

Van Opperdoes knikte glimlachend. ‘Dat is hem inderdaad...’

Ze keek verontschuldigend. ‘Het lijkt misschien een stomme vraag, maar het viel me op dat er door uw collega’s nog gezocht wordt, daar verderop...’

‘U hebt helemaal gelijk. We kijken of er misschien nog een slachtoffer ligt.’

‘Nou, dan zal ik maar even wachten tot ze klaar zijn. Jullie weten al wie dit is?’

‘Waarschijnlijk wel. Hij had zijn rijbewijs bij zich.’

‘En is er reden om aan te nemen dat er sprake is van een misdrijf?’

De oude rechercheur boog zich voorover. 'Alle reden.'
'Laten we dan toch maar eens voorzichtig kijken...'
Ze opende de deur van de kleine GG&GD-auto en haalde daar een ouderwetse, stevige zwartleren dokterstas uit.
Van Opperdoes kon een glimlach niet onderdrukken. Artsen werden steeds jonger en moderner, maar sommige tradities waren kennelijk niet uit te roeien.
Zorgvuldig trok ze twee paar plastic handschoenen over elkaar aan en knielde bij het lijk. Van Opperdoes zag tot zijn voldoening dat Cathelijne de Wind het lichaam zorgvuldig en met veel respect behandelde. Sommige schouwartsen zagen het stoffelijk overschot als een object voor studie, iets waar ze mee moesten werken, maar deze arts had eerbied voor het lichaam dat de ziel net had achtergelaten.
'Ik zal heel even globaal onderzoek doen, is dat goed? Ik neem aan dat de technische recherche nog onderzoek moet doen?'
Van Opperdoes keek tevreden. Deze schouwarts dacht nog mee ook. 'Dat is prima. Ze zijn onderweg.'
'Mooi. Desnoods doe ik de rest wel in het mortuarium.' Ze waakte ervoor de sporen op en om het lichaam te verstoren. Heel zorgvuldig bekeek ze, zonder het aan te raken, het lichaam van onder tot boven. Ze zakte met haar gezicht tot een centimeter of tien boven de voeten van Robert Lousman en bekeek ingespannen zijn enkels, knieen, bovenbenen, heupen en bovenlichaam. Waarschijnlijk keek ze naar de onnatuurlijke houding waarin hij lag, naar beschadigingen of gaten in de kleding of andere opvallende dingen. Ze bewoog heel zorgvuldig, op gepaste afstand van het lichaam, en droeg er zorg voor het niet aan te raken. Uiteindelijk kwam ze bij de nek en het hoofd, waarbij

ze behoedzaam tot vlak boven de huid zakte.

Van Opperdoes bezag haar met verbazing en bewondering. Ze zat al minutenlang naast het lichaam en had het nog niet aangeraakt. De meeste schouwartsen keken amper, maar begonnen meteen aan armen en benen van een overledene te sjorren, om vervolgens om hulp van de aanwezige rechercheurs te vragen, het lichaam om te draaien en daar nog eens verder te voelen. Niets van dat alles bij deze schouwarts; ze nam overal heel rustig en consciëntieus de tijd voor.

Robert Lousman lag met zijn gezicht naar beneden in de aarde. Cathelijne de Wind boog diep voorover om het te kunnen bestuderen. Een dun straaltje geronnen bloed was zichtbaar op het gezicht. Met een vinger volgde ze de loop van het bloed tot in de haren. Daarna veerde ze weer omhoog en staarde ingespannen naar het achterhoofd van de man. Uiteindelijk bewoog ze haar armen. Heel voorzichtig streek ze met twee vingers van iedere hand het zwarte haar wat opzij, waarbij ze het amper aanraakte.

Achter haar klom Jacob achter de skatebaan vandaan. Hij klopte wat vegen aarde en bladeren van zijn broek af, en liep naar Van Opperdoes. Toen hij langs het stoffelijk overschot liep en de schouwarts zo ingespannen bezig zag, hield hij belangstellend in.

'Goedenavond...'

Ze groette terug zonder op te kijken, geconcentreerd als ze was op haar bezigheden. 'Hallo...'

Ze hield haar handen aan weerszijden van de schedel en duwde die zacht naar elkaar toe. Er klonk een doordringend geschraap uit het hoofd, wat erop wees dat twee delen van het schedel langs elkaar schuurden.

'Ah... jawel... dus daar zit je,' fluisterde de schouwarts terwijl ze het hoofd losliet en glimlachend opkeek.

Waarschijnlijk verried het gezicht van Jacob zijn schrik en vervolgens afschuw over het sinistere geluid dat hij zojuist had gehoord, want ze keek hem verrast en verontschuldigend aan.

'Sorry... misschien had ik even moeten waarschuwen.'

Jacob kuchte even. 'Geeft niet, hoor...'

'Gebroken schedel?' vroeg Van Opperdoes.

De schouwarts kwam overeind en knikte. 'Ik wil niet te veel doen, maar dit viel me op, dus ik moest even kijken. Een verwonding op het hoofd. En de schedel is duidelijk gebroken.'

'Wat voor verwonding? Een schotwond achter in het hoofd?'

'Zou heel goed kunnen...' beaamde de schouwarts.

Van Opperdoes hield zijn hoofd een beetje schuin en wreef over zijn neus. 'Tja... kun je misschien zeggen hoe lang hij al dood is?'

Ze haalde haar schouders op. 'Moeilijk te zeggen. Er is sprake van lijkstijfheid, dus langer dan een paar uur. Maar het vreemde is dat het bloed op het gezicht niet de loop van de zwaartekracht heeft gevolgd.'

'En dat betekent?' vroeg Jacob.

'Dat betekent dat hij waarschijnlijk... laat ik het voorzichtig zeggen... niet zo is gevallen als hij nu ligt, nadat hij is neergeschoten...'

Van Opperdoes keek omhoog. 'Of dat hij niet hier is neergeschoten...'

De schouwarts knikte. 'Dat zou inderdaad heel goed kunnen.'

Het busje van technische recherche reed langzaam vanaf de Zeeburgerdijk naar de plek des onheils en stopte achter de auto van Van Opperdoes en Jacob. Ton van Maan en Hugo Pastoor stapten uit.

Ton wreef in zijn handen.

'Daar zijn we weer... blijven we aan de gang vandaag?'

Hugo keek op zijn horloge. 'Nou inderdaad... het wordt weleens tijd voor een koele douche en m'n bed.'

Van Opperdoes schudde hen hartelijk de hand. 'Ik kan er ook niks aan doen.'

Ton keek naar het stoffelijk overschot. 'Heeft dit iets te maken met vanochtend? Of hebben we een nieuwe zaak?'

Alsof hem plotseling iets te binnen schoot, keek hij Van Opperdoes aan.

'Nee, ik trek die vraag terug, het is een stomme vraag. Dit is jouw district helemaal niet... dus het moet wel iets met vanochtend te maken hebben.'

Van Opperdoes glimlachte. 'Ik kan wel merken waarom jij bij de politie bent komen werken.'

'Dat rijmt,' antwoordde Ton droog, terwijl hij de zijdeur van de grote witte bestelauto van de technische recherche opende en twee steriel verpakte witte overalls uit de laadruimte haalde.

De twee hulden zich in de witte pakken, trokken blauwe plastic overschoenen aan en deden mondkapjes voor. Felle lampen werden opgezet, en toen Hugo het aggregaat aanzette en de lampen aanknipte, baadde de omgeving waarin Robert Lousman lag plotseling in een onbarmhartig licht.

Jacob kwam naast de oude rechercheur staan. 'Ik mag toch hopen dat ik er niet zo bij lig als het mijn tijd is...'

‘Hij merkt er anders niks van hoor...’ bromde Hugo achter zijn rug.

Van Opperdoes schudde zijn hoofd, triest glimlachend.

Het lichaam gaf weinig prijs. Hugo en Ton kamden elke vierkante millimeter rond het stoffelijk overschot uit, maar ze waren pessimistisch over het resultaat. De bandensporen in de aarde in de buurt van Robert Lousman werden vastgelegd op de foto, en daarna met een soort plastic oplossing volgegoten.

Na anderhalf uur gaven de twee technisch rechercheurs een seintje ten teken dat ze klaar waren met de sporen op het lichaam. Het stoffelijk overschot van Robert Lousman lag nu ontkleed, ruggelings op de grond. Omdat er geen pers of andere belangstellenden waren, was het niet nodig het lichaam af te dekken. Er trok een korte, onwillekeurige rilling door de schouders van Jacob.

‘Wat is er? Heb je het koud?’ vroeg Van Opperdoes.

‘Nee. Moe, denk ik.’ Jacob keek ongemakkelijk om zich heen. ‘Moeten we hem zo laten liggen?’ liet hij er meteen op volgen.

Van Opperdoes keek zijn jonge collega even aan, en wenkte toen Ton van Maan. ‘Heb jij een laken?’

‘Voor wat?’

Van Opperdoes gebaarde naar het lichaam. Ton pakte een laken uit de bus, dat hij zorgvuldig over het lichaam drapeerde.

‘Beter zo?’ vroeg Van Opperdoes aan zijn jonge collega.

‘Ja, maar het blijft vreemd om er zo bij te liggen. Alsof het iets is wat weggegooid of nonchalant achtergelaten is. Het hoort niet,’ vond deze.

Hij had gelijk, dacht Van Opperdoes. Maar al te vaak had

hij ook een onbestemd gevoel op een plaats delict... een vreemd soort plaatsvervangende schaamte. Op een bepaalde manier kon hij vrede hebben met de dood, maar niet met de manier waarop de dood soms toesloeg.

Cathelijne de Wind keek even vragend naar de technisch rechercheurs, die haar gebaarden dat ze klaar waren en zij dus haar gang kon gaan.

'Of zullen we het in het mortuarium doen? Misschien toch wat handiger?'

Van Opperdoes knikte. Het lichaam moest toch worden afgevoerd naar het VU-ziekenhuis, om daar opgeslagen te worden in afwachting van de sectie.

Vanaf de dijk kwamen de collega's aanlopen die aan het zoeken waren geweest naar sporen en – belangrijker nog – een eventueel tweede stoffelijk overschot.

Mismoedig schudde de geüniformeerde brigadier die leiding had gegeven aan de zoektocht zijn hoofd. 'Helemaal niks. We hebben zelfs zo goed en zo kwaad als het ging de hele kant van het water afgezocht. Maar ja... als het lichaam hier in het kanaal gegooid is, kan het inmiddels al helemaal dáár liggen.' Hij gebaarde met beide handen naar het donker in de verte.

Daar had hij gelijk in, vond Van Opperdoes. Als een passerend schip het lichaam niet had meegesleurd in zijn kielzog, dan zou de stroming er wel voor zorgen dat het op een heel andere plek boven zou komen, dan waar het te water was geraakt.

'We hebben ons best gedaan,' besloot de oude rechercheur.

'Dat tweede lijk moet in de buurt zijn. Misschien dat bij daglicht een boot van Team Havens een paar keer op en neer kan varen om te zoeken, voor de zekerheid...' zei Jacob, maar hij merkte dat de oude rechercheur aarzelde.

'Is er wat?' drong Jacob aan.

Van Opperdoes keek hem aan en zei niets. Hij draaide zich om en liep richting water. Lang bleef hij staan kijken naar de zachte golfjes die het maanlicht weerkaatsten. Lag daar het tweede lijk?

Hij volgde het water en keek het kanaal af, naar het oosten. Een beklemmend gevoel bekroop hem, maar hij kon er zijn vinger niet op leggen.

Jacob kwam achter hem staan. 'Wat is er dan?'

Van Opperdoes schudde langzaam zijn hoofd. 'Geen idee... maar er klopt iets niet...'

Hoofdstuk 10

Langzaam en voorzichtig reed de zwarte wagen achteruit de steile afrit af, om geruisloos tot stilstand te komen voor het mortuarium in de kelder van het VU-ziekenhuis. Het stoffelijk overschot werd op een brancard naar binnen gereden. Rechtsaf, linksaf, rechtsaf, rechtdoor de grote zware deuren door... daar was de grote zaal waar zich de cellen bevonden en de vele lijken gekoeld bewaard werden.

Peter van Opperdoes kon de route naar het mortuarium dromen, zo vaak had hij hier al gelopen. In stilte werd de brancard voortgeduwd, alleen het geratel van de wieltjes weerkaatste oorverdovend tussen de betegelde muren. De zaal van het mortuarium had vele grote stalen deuren, waarachter zich de koelcellen bevonden. Op sommige deuren was een kartonnetje bevestigd, met daarop de gegevens van degene die in de koelcel lag, en welke rechercheafdeling de afhandeling van het onderzoek deed.

Van Opperdoes vulde de gegevens van Robert Lousman in op een formulier in een ouderwetse ordner, die links van de toegangsdeur op een plank lag. De beheerder van het mortuarium kwam binnenlopen en wreef opgetogen in zijn handen.

'Heb je er weer een, Van Opperdoes? Laat eens even kijken...'

Hij ritste enthousiast de plastic zak open waarin het lichaam werd vervoerd.

'Hm...' bromde hij. 'Ziet er netjes uit. Stinkt tenminste niet. Dat scheelt weer...'

Jacob keek Van Opperdoes aan, die zijn schouders even ophaalde. Hij wist dat de twee beheerders van het mortuarium cynische grappenmakers waren, en hij vond het niet erg. Als je de hele dag met alleen maar lijken, in alle stadia van ontbinding bezig bent, dan moet je wel een emotioneel harnas creëren waar de ellende op afketst, anders zou je het niet lang volhouden. Bij deze twee bestond dat harnas uit zwarte humor, zoals ook bij veel rechercheurs het geval was.

'Waar wilt u hem hebben, dokter?' vroeg de beheerder aan de schouwarts, die ook net binnenkwam.

'Daar graag.' Ze wees naar de roestvrijstalen tafel midden in het mortuarium.

De beheerder en de bestuurder van de lijkauto die het stoffelijk overschot had overgebracht, tilden de plastic zak bij hoofd- en voeteneinde op en legden het lichaam op de onderzoekstafel.

'In welke cel wil je hem zo meteen hebben?' Van Opperdoes hield het kartonnetje omhoog dat hij net had ingevuld.

'Doe maar in een lege. Anders wordt het zo proppen...' grijnsde de beheerder. 'Kies er maar een uit.'

Zorgvuldig bevestigde Van Opperdoes het kartonnetje in een sleuf op de deur van koelcel 21.

Er daalde een serene stilte neer over het mortuarium. De beheerder en de schouwarts deden witte jassen en plastic handschoenen aan. Het naakte lichaam werd schoongewassen met een natte spons, en de schouwarts richtte haar aandacht allereerst op de verwonding aan het hoofd. Ze kon, nu alle sporen waren veiliggesteld door de technische recherche, grondiger te werk gaan.

Ze veegde de natte hoofdharen achter op het hoofd opzij, waardoor een vrijwel gaaf rond gaatje zichtbaar werd, omgeven door huid en rood bebloed haar.

'Hieronder hebben we de boosdoener, heren... een inschotopening van een kogel.'

Ze bekeek het hoofd nu grondig van alle kanten.

'Eens even kijken of we ook een uitschotopening hebben...'

Maar hoe ze ook zocht, het leek de enige verwonding te zijn.

'Dan moeten ze bij de sectie maar eerst een röntgenfoto maken, voordat ze de schedel lichten. Ik denk dat de kogel nog ergens in het hoofd zit.'

Vervolgens onderzocht ze het hele lichaam op verwondingen of andere aanwijzingen voor de doodsoorzaak.

'Verder weinig te vinden. Voor de zekerheid moeten we de sectie afwachten, maar ik ben hier nu toch om de officiële schouw van het lichaam te doen, en daar een formele conclusie uit te trekken...'

Ze wist enige spanning op te bouwen, wat mede te danken was aan de wat macabere omgeving waarin ze zich bevonden. De aanwezigen keken haar vol verwachting aan.

'Hij is overleden,' sprak ze plechtig.

Het kwam er zo droog uit dat Jacob onwillekeurig in de lach schoot, gevolgd door de beheerder van het mortuarium en de chauffeur van de wagen waarin het lichaam was vervoerd. Zelfs Van Opperdoes kon een brede glimlach niet onderdrukken.

De schouwarts haalde een formulier uit haar zwarte dokterstas en begon dat op de plank naast de deur in te vullen. Jacob kende het formulier goed. Ingevolge artikel 10 van de Wet op de Lijkbezorging moest het door de schouwarts worden ingevuld als die niet overtuigd was van een natuurlijk overlijden. Door de rechercheurs werd het papiertje simpelweg een 'artikel 10' genoemd.

De officier van justitie zou op grond hiervan morgenochtend een sectie gelasten bij het Nederlands Forensisch Instituut in Den Haag.

Bij bijzonderheden schreef de schouwarts dat het overlijden vermoedelijk het gevolg was van 'mechanisch geweld van buitenaf', wat een vakterm was die werd gebruikt als het slachtoffer neergeschoten, neergeslagen of neergestoken was.

Ze overhandigde het formulier aan Jacob, gaf alle aanwezigen een hand en verliet het mortuarium.

'Heb jij een fototoestel bij je?' vroeg Van Opperdoes aan zijn jonge collega, terwijl hij naast het lichaam van Robert Lousman stond.

'Nee, natuurlijk niet. Hoezo?'

'Ik wil graag een foto van zijn gezicht. En van zijn kleding.'

'Van zijn kleding kunnen we aan de TR vragen. En van zijn gezicht, die maken ze morgen toch uitgebreid bij de sectie?'

'Maar dan heb ik ze pas morgenmiddag. Wij moeten er morgenochtend mee aan de slag,' drong Van Opperdoes aan.

Jacob dacht even na en haalde zijn telefoon tevoorschijn. 'Dan doe ik het hier wel mee. Het hoeft toch geen hoge kwaliteit te zijn?'

Van Opperdoes schudde zijn hoofd. 'Als het maar goed genoeg is om aan iemand te laten zien.'

'Dat moet wel lukken...' Jacob ging naast het lichaam staan.

'Wacht effe...' zei de beheerder van het mortuarium. Hij haalde met zorg een natte spons over het gezicht van de overledene en schikte het haar een beetje. 'Zo, ziet het er tenminste een beetje toonbaar uit.'

Van Opperdoes knikte tevreden. Het was hetzelfde soort respect, bijna vakmanschap, dat hem bij de schouwarts was opgevallen.

Jacob maakte een paar foto's, waarna de beheerder de plastic zak met een plechtig gebaar weer zorgvuldig dichtritste en het lichaam in de koelcel schoof. Een plotselinge stilte overviel de aanwezigen toen hij de zware metalen deur sloot, als een laatste groet aan de overledene.

Van Opperdoes schudde de beheerder de hand. 'Fijn dat je hebt willen komen op dit onzalige uur...'

De beheerder nam het compliment zwijgend in ontvangst en deed de toegangsdeur achter hen weer zorgvuldig in het slot.

Onderweg naar bureau Raampoort vocht Van Opperdoes tegen het dichtvallen van zijn vermoeide ogen. Buitenveldert gleed aan hem voorbij, en toen ze over de Amstelveenseweg weer richting hun eigen Jordaan reden, gaf hij toe aan de onweerstaanbare drang om zijn ogen te sluiten.

Jacob keek naar zijn knikkebollende collega.

Toen de auto afremde, deed Van Opperdoes met moeite zijn ogen open. 'Waar zijn we?'

Hij keek om zich heen, maar kon het bureau niet ontwaren.

'Dit is de Raampoort niet.'

'Nee, dit is de Brouwersgracht. Kijk, hier is je huis.'

Van Opperdoes sputterde tegen. 'Maar we moeten nog...'

'Weet je hoe laat het is?' Jacob keek op zijn horloge. 'Het is drie uur. Je gaat slapen, en ik ook. Morgen is er een nieuwe dag.'

Jacob duldde geen tegenspraak, dat was duidelijk. Hij wees zonder verder iets te zeggen naar de voordeur van de woning van Van Opperdoes.

Peter van Opperdoes overwoog om nog even tegen te sputteren, maar sloot toen zijn mond en stapte uit. Voor Jacob wegreed, boog de oude rechercheur zich nog even naar binnen.

'Dank je wel,' zei hij glimlachend.

'Tot morgen. Welterusten,' groette Jacob en reed langzaam de Brouwersgracht af.

Van Opperdoes haalde de sleutels uit zijn broekzak en stond op het punt om de voordeur te openen, toen zijn instinct hem waarschuwde dat er iets niet in de haak was.

Langzaam draaide hij zich om.

Op een paar meter afstand, aan de duistere waterkant, stond een in donkere kleren gehulde man.

Van Opperdoes kon het gezicht niet goed onderscheiden, maar de angst sloeg hem om het hart, omdat de man een capuchon over zijn hoofd getrokken had en onverstoord, zwijgend en onheilspellend naar Van Opperdoes staarde.

Hoofdstuk 11

'Je hebt wát gedaan?' Jacobs stem klonk verontwaardigd.

'Ik ben naar binnen gegaan. Slapen.'

'Was die man weg dan?'

Peter van Opperdoes keek onschuldig. 'Nee, die stond nog voor de deur. Op dezelfde plek.'

Jacob kon geen woord meer uitbrengen. Van Opperdoes was lichtelijk geamuseerd door de reactie van zijn jonge collega. Die stond nog net niet als een viswijf met zijn armen in zijn zij, maar het scheelde niet veel.

'Maar wat wilde die man dan? Wilde hij je aanvallen?'

De oude rechercheur haalde zijn schouders op en zakte wat onderuit in zijn stoel. 'Geen idee.'

Het werd Jacob bijna te veel. Hij snapte er niets meer van. 'Geen idee?!'

'Nee. Hij is uiteindelijk gewoon weggelopen, vermoed ik. Hij was in ieder geval weg toen ik wakker werd. Ik had ook niet gedacht dat hij daar de hele nacht zou blijven staan.'

Jacob schudde zijn hoofd in ongeloof. 'Je had mij of het bureau moeten bellen. Je had op z'n minst kunnen vragen wie hij was, wat hij daar deed. Man, voor hetzelfde geld had hij je wat aangedaan, was het de moordenaar van de Goudsbloemdwarsstraat.'

Van Opperdoes reageerde rustig. 'Maar hij heeft niets gedaan.'

'Nee, maar dat wist jij niet van tevoren.'

De oude rechercheur keek zijn jonge collega kalm en bijna olijk aan. 'O, nee?'

Het duurde even voor het tot Jacob doordrong wat zijn oude collega daarmee precies bedoelde, maar toen viel het kwartje.

Iets of iemand had Van Opperdoes vannacht gerustgesteld en duidelijk gemaakt dat de angstaanjagende gestalte hem geen kwaad zou doen.

En toen had Jacob niets meer te zeggen.

Charlotte van Tiggelen zat op het terras van Winkel, het restaurant op de hoek van de Noordermarkt en de Westerstraat. Ze nam bedachtzaam hapjes van de warme appeltaart, die zo lekker was dat men in de kelder van het restaurant tientallen taarten per dag moest bakken om alle bestellingen bij te kunnen houden.

Ze ging zo op in haar stuk taart, dat ze Peter van Opperdoes en Jacob pas opmerkte toen die naast haar stonden.

De oude rechercheur klopte haar vriendelijk op de schouder. Verrast keek ze op.

'Meneer Van Opperdoes...'

Ze keek de twee rechercheurs onderzoekend aan.

'Is er iets?'

Haar aanvankelijke onbevangen verrastheid, maakte vrijwel onmiddellijk plaats voor een lichte achterdocht.

'Wat is er aan de hand? Is er iets mis?'

Van Opperdoes wees op de stoeltjes tegenover haar.

'Ja... natuurlijk... gaat u zitten,' zei Charlotte.

'Dank je.'

Van Opperdoes zakte naast Jacob op een stoeltje en keek om zich heen. Ruim om restaurant Winkel heen stonden tafeltjes en stoeltjes, zelfs tot ver op de Noordermarkt. Het was vol, tientallen mensen liepen speurend langs het terras om te kijken of er nog een tafeltje te bemachtigen viel. Van Opperdoes boog zich voorover.

'We willen je iets vragen.'

Charlotte van Tiggelen was kennelijk over haar aanvankelijke verbazing heen en had voor zichzelf besloten dat de twee rechercheurs geen kwaad in de zin hadden, want ze prikte een stukje appel aan haar vork en kauwde er bedachtzaam op.

'Natuurlijk... vraagt u maar.'

Van Opperdoes sprak zo zacht dat geen van de mensen die om hen heen zaten het gesprek zou kunnen volgen.

'De twee lichamen die jij had gezien... heb je er één van herkend?'

Een frons verried haar verwondering over de vraag. 'Nee... dan had ik dat toch wel meteen gezegd.'

Jacob hield zijn hoofd schuin. 'Soms komen herinneringen later. Dat heeft iedereen weleens, dat je je plotseling een detail herinnert.'

'Ja, nou... dat kan dan misschien wel zo zijn, maar dat is bij mij niet gebeurd.'

Van Opperdoes reikte naar de binnenzak van zijn jasje en haalde er twee foto's uit. Voor hij de foto aan Charlotte van Tiggelen toonde, moest hij echter zekerheid hebben over iets.

'De makelaar van wie jij het huis hebt gekregen, die kende je niet?'

Charlotte haalde haar schouders op. 'Nee. Mijn moeder had hem aangeraden, ik kende hem niet.'

'Die makelaar waar je geweest bent heet Lousman, en hij heeft een zoon. Wist je dat? Heb je die weleens gezien?' wilde Jacob weten.

‘Geen idee. Ik heb ze alleen aan de telefoon gehad, ik heb de sleutels gekregen van een vrouw op kantoor en dat was het. Dus... nee.’

Van Opperdoes keek even om zich heen. ‘Heb je de gezichten gezien van de twee mannen in de woning?’

‘Nee, dat heb ik toch ook al gezegd. Ze lagen op hun buik, gezicht naar de grond.’

‘Weet je nog wat voor kleding ze aanhadden?’

Nu kwam de frons op haar gezicht weer terug.

‘Ja... donkere kleding allebei. Een spijkerbroek... een T-shirt, met lange mouwen geloof ik. Gympen. Gewoon, jonge mannen. Neem me niet kwalijk als ik het allemaal niet meer zo goed weet. Ik schrok me rot...’

Van Opperdoes en Jacob wisselden een korte blik, voordat Van Opperdoes de foto van het gezicht van Robert Lousman aan Charlotte overhandigde.

Langzaam nam zij de foto uit zijn handen en bestudeerde die ingespannen.

Ze ademde diep uit voor ze sprak. ‘Hebben jullie ze gevonden?’

‘Was het dit soort kleding?’

Ze ging langzaam heen en weer met haar hoofd. ‘Het zou heel goed kunnen ja... het lijkt er wel heel erg op.’

Van Opperdoes hield de tweede foto in zijn hand, maar aarzelde om die aan Charlotte te geven.

Toch was ze benieuwd. Ze wees naar de foto. ‘En die?’

Van Opperdoes borg de foto op. ‘Dat heeft geen zin. Je hebt de gezichten niet gezien. Bovendien is het niet prettig om naar een overledene te kijken.’

Ze wuifde met haar hand. ‘Ik ben niet van suiker, hoor. Ik ben wel wat gewend.’

Van Opperdoes keek even naar Jacob, die licht zijn schouders ophaalde. Als ze het wil, dan moet ze het zelf maar weten, scheen hij te denken. De oude rechercheur overhandigde haar de foto.

De aantrekkelijke Charlotte van Tiggelen bestudeerde de foto aandachtig. Het leek alsof ze ieder detail in zich op wilde nemen voordat ze tot een oordeel zou komen. Uit de fijne trekken op haar gezicht was dit keer niets op te maken, behalve een opperste concentratie.

Uiteindelijk gaf ze de foto terug, met een peinzend gezicht. 'Tja... lastig. Maar hoe meer ik ernaar kijk en erover nadenk... het zou kunnen... echt, het zou heel goed kunnen. Hij had hetzelfde soort haar. Donker, beetje steil.'

Ze viel heel even stil, schoof de appeltaart van zich af. 'Wie is het?'

Van Opperdoes borg de foto's weer op in zijn binnenzak. 'Dat kunnen we nog niet vertellen, ik hoop dat je daar begrip voor hebt.'

Charlotte glimlachte charmant. 'Natuurlijk.'

Even leek ze te aarzelen. Ze veegde gedachteloos met haar vingers door haar lange goudblonde haren.

'Het is heel vreemd en misschien moet ik me diep schamen voor mijn gevoelens, want ik heb net een dode gezien... maar ergens ben ik wel opgelucht dat er daadwerkelijk iets heeft plaatsgevonden. Ik had het idee dat ik daar voor gek stond, toen die lijken ineens weg waren.'

Van Opperdoes wilde daar niets van weten.

'Ik heb in mijn carrière wel vreemdere verhalen gehoord, die achteraf ook bleken te kloppen. De waarheid blijkt heel vaak vreemder dan wat we fantaseren.'

Charlotte hief haar hoofd naar de blauwe lucht. 'Dus er lagen wel twee lijken. Weet u dat ik vannacht wakker lag, en dacht dat ik gek was geworden?'

Van Opperdoes knikte voorkomend. 'Dat lijkt me helemaal niet nodig.'

Jacobs telefoon ging, hij keek op het display en stond op.

'Sorry, die moet ik even nemen.'

Hij verliet het terras en voerde het telefoongesprek verder midden op de Noordermarkt, waar niemand mee kon luisteren.

'En hoe gaat het nu verder?' vroeg Charlotte aan Van Opperdoes.

'We zijn druk bezig met het onderzoek.'

'En daar kunt u nog niets over vertellen.'

'Dat klopt.'

Ze aarzelde een seconde. 'Is hij de zoon van de makelaar?'

Van Opperdoes besloot zich even van de domme te houden, omdat hij er niet van hield om te liegen. 'Wie?'

'Die op de foto. Die dooie.'

Van Opperdoes keek onwillekeurig even achterom, naar de plek waar Jacob stond. 'Dat weten we nog niet. Niet zeker, in ieder geval.'

'O...'

'Je kende hem toch niet?'

Ze schudde haar hoofd. 'Nee, maar mijn moeder misschien wel. Zij kent de makelaar toch ook? Dus... dit is een beetje erg lullig allemaal.'

Van Opperdoes kon niet veel anders dan knikken.

'Wilt u ook iets drinken?' vroeg de jonge serveerster vriendelijk. Ze was dicht naast de oude rechercheur komen staan.

Van Opperdoes wilde haar aankijken, maar merkte tot zijn verrassing dat ze extreem lang was, zodat hij zijn nek moest verdraaien om haar gezicht goed te kunnen zien.

'Dank u vriendelijk, wij zijn zo weg.'

Hij maakte aanstalten om op te staan, maar voor hij dat kon doen, legde Charlotte van Tiggelen haar slanke hand op zijn arm en keek hem doordringend aan.

'U moet me niet verkeerd begrijpen. Ik ben niet blij dat er iemand dood is.'

'Natuurlijk niet.'

Jacob dook op bij het tafeltje. 'Ben je klaar? We moeten weg...'

Van Opperdoes knikte. Hij keek nog even naar Charlotte, maar die leek niet van plan verder op het onderwerp in te gaan. Hij stond op.

'Tot ziens. Mochten we nog wat vragen hebben...'

Ze keek allercharmantst op, met een betoverende glimlach op haar gezicht. 'Dan weet u me te vinden, toch?'

'Absoluut...' Van Opperdoes knikte ten afscheid.

Terwijl ze terugliepen naar de rechercheauto, die op de Westermarkt stond geparkeerd, keek Jacob nog eens om. Hij zag hoe Charlotte van Tiggelen gehaast afrekende.

'Wat was dat nou allemaal?'

Van Opperdoes keek niet om. 'Ze gaat zeker snel weg?'

'Ja.' Jacob volgde Charlotte met zijn blik. 'Sterker nog, ze is al weg.'

'Hm...' bromde Van Opperdoes. 'Wie had je aan de telefoon?'

'Ton van Maan. Ze hebben de vingerafdrukken van het stoffelijk overschot vergeleken met die in onze bestanden. Er is geen twijfel, het slachtoffer is Robert Lousman.'

Van Opperdoes knikte langzaam. 'Nu we daar dan zekerheid over hebben, moeten we de familie maar eens gaan inlichten...'

Makelaar Lousman zat wit weggetrokken achter zijn bureau, zijn armen voor zich uit gestrekt, de handen tot vuisten gebald waar de witte knokkels uitstaken. Sinds hij het trieste nieuws van de twee rechercheurs te horen had gekregen, had hij gezwegen en strak voor zich uit gekeken.

'Meneer Lousman...' probeerde Van Opperdoes. 'Ik begrijp dat dit een enorme schok voor u is, maar...'

Nu daalde een van de vuisten hard op het bureau neer. 'Hou je kop! Hou op met die therapeutische onzin. Jij snapt helemaal niet wat voor schok dit is. Mijn zoon is dood!'

'Dat weet ik.'

'Nou dan...' Lousman keek met een van emotie trillend gezicht naar de twee rechercheurs.

'Wie heeft het gedaan?'

'Wat gedaan?'

'Wie heeft hem vermoord!'

'Ik heb niet gezegd dat...' probeerde Van Opperdoes, maar weer sloeg de vuist met donderend geweld op het bureau.

'Doe niet of ik achterlijk ben! Natuurlijk is hij vermoord. Door wie?'

Nu liet Van Opperdoes een stilte vallen, waarin hij Lousman strak aankeek. Na enkele seconden ging hij verder.

'We hadden gehoopt dat u ons verder zou kunnen helpen.'

Een moment leek het of er weer een vuist zou neerdalen, maar in plaats daarvan haalde Lousman een hand door zijn weerbarstige haar. Hij haalde diep adem.

'U bedoelt dat u geen dader heeft.'

'Dat klopt. Hebt u enig idee in welke richting we moeten zoeken?'

De ogen van Lousman schoten nerveus heen en weer. Jacob voelde zich ongemakkelijk door de onvoorspelbare emotionele reacties van Lousman. Hij hield zich wat op de achtergrond.

Van Opperdoes, die in een stoel tegenover Lousman aan zijn bureau zat, keek heel even om en zijn ogen zochten die van Jacob. Het was een heel korte blik, meer niet.

'Nou, meneer Lousman? Kunt u ons verder helpen?'

Lousmans stem klonk zachter, zijn hoofd zakte naar beneden. Het leek wel alsof de gruwelijke waarheid nu pas goed tot hem doordrong, en hem psychisch op de knieën dwong.

'Mijn zoon had zijn eigen leven. Ik kan u niet verder helpen.'

'U zult toch wel iets weten over de mensen met wie hij omging?'

Maar Lousman schudde zijn hoofd. Of hij wist het niet, of hij was absoluut niet van plan om zijn kennis met de rechercheurs te delen.

Van Opperdoes legde zijn beide handen op zijn bovenbenen. Toen stond hij op, nam een visitekaartje uit zijn binnenzak en legde dat voor Lousman op het blad van zijn bureau.

'U kunt me bellen als u vragen heeft. Uw zoon bevindt zich op dit moment in het VU-ziekenhuis, in afwachting van de sectie bij het Nederlands Forensisch Instituut. Daarna... vermoed ik... zal de officier van justitie het lichaam van uw zoon vrijgeven, en dan kunt u met een uitvaartvereniging de verdere details bespreken. Zij weten hoe ze met dat soort dingen om moeten gaan.'

Hij liet een korte stilte vallen.

'Ik wil u alleen nog zeggen dat u mijn innige deelneming heeft. En als er iets is wat we kunnen doen... wat dan ook... '

Hij gebaarde naar het visitekaartje.

Lousman nam het kaartje in beide handen en staarde ernaar, maar reageerde niet op de troostende woorden van de oude rechercheur. Van Opperdoes gaf een korte hoofdknik naar Jacob ten teken van afscheid en ging hem voor, het kantoor uit.

Op de gang stonden de twee trouwe administratieve medewerksters van Lousman, beiden geschokt en met hun hand voor hun mond, ademloos naar het tafereel in het kantoor van Lousman te kijken. Daar zat de makelaar achter zijn bureau, met het visitekaartje in zijn handen in het lege niets te staren, terwijl een traan langzaam over zijn wang naar beneden gleed.

Hoofdstuk 12

Jacob had verse thee gezet. De twee rechercheurs zaten op het terras van het bureau Raampoort, in afwachting van hun vertrek naar de sectie van Robert Lousman, die om twaalf uur zou beginnen.

Jacob gaf de beker thee aan zijn oude collega.

'Het viel me op dat je niet doorvroeg.'

Van Opperdoes blies even en nipte van de hete thee. 'Had geen zin...'

Over de beker heen keek hij Jacob peinzend aan.

'Laten we het eens op een rijtje zetten, mijn waarde Jacob. Een vrouw, de lieflijke Charlotte van Tiggelen, komt naar bureau. Zij vertelt een verhaal. Ze heeft van een makelaar de sleutels gekregen van een woning, gaat daar naar binnen, en vindt twee mensen op de vloer.'

Jacob knikte beamend. 'Waarvan zij zegt dat ze dood zijn.'

Van Opperdoes nam nog een slokje.

'Precies. Zij zegt dat ze daarna in paniek haar moeder heeft gebeld, maar niet de makelaar heeft gesproken. Haar moeder raadde haar aan om naar de politie te gaan. Dat heeft ze gedaan en met de politie... met mij... is ze teruggegaan naar de woning. Die bleek leeg te zijn. De onderbuurvrouw...'

'... die zo dement is als een deur,' interrumpeerde Jacob.

‘Een beetje meer respect voor de ouderdom graag...’ bromde Van Opperdoes. ‘Maar inderdaad, de oude dame is niet zo helder meer. Zij zegt dat ze een wit busje heeft gezien, met twee mannen. Het zou kunnen... ik herhaal, zou kunnen... dat die mannen de lichamen hebben weggehaald.’

Hij zweeg even en staarde peinzend over de Jordaan.

Jacob fronste. ‘Dat is toch een wending in het verhaal waar ik grote twijfels bij heb. Charlotte ontdekt twee lijken, gaat naar het politiebureau en jij gaat met haar mee terug naar de woning. En wat blijkt... de woning is leeg.’

Van Opperdoes knikte langzaam. ‘Ik ben het met je eens. Het zou natuurlijk kunnen, maar het is wel onvoorstelbaar toevallig dat de lijken precies in die korte tijd zijn weggehaald.’

De twee rechercheurs lieten hun gedachten over de gebeurtenissen schijnen en probeerden er een logische verklaring voor te vinden. Dat bleek nog niet zo eenvoudig te zijn.

Jacob zuchtte. ‘Degene die de lijken in de woning had achtergelaten, ging ervan uit dat ze niet snel gevonden zouden worden. Of... het interesseerde hem niet dat ze gevonden zouden worden.’

Van Opperdoes schudde zijn hoofd. ‘Ik denk het eerste. Hij... of zij... verwachtte Charlotte van Tiggelen daar niet. Dus zou je kunnen concluderen dat Charlotte de lijken ontdekte, precies op het moment dat ze onderweg waren om de lijken op te halen. Toeval. Maar toeval bestaat, dat weten wij als geen ander.’

Jacob knikte. ‘Of de moordenaar heeft gemerkt dat Charlotte de woning binnenkwam... schrok zich rot... en heeft als een idioot de twee lijken weggehaald met een busje.’

Dat waren twee reële opties, beseften ze allebei.

‘Zal ik doorgaan?’ vroeg Jacob.

Van Opperdoes wuifde goedmoedig met zijn hand.

Jacob ging rechtop zitten en vervolgde. 'We weten niet wie er gebruikmaakte van de woning. Er is één sleutel weg. De makelaar weet niet wie die heeft, zegt hij. Maar 's avonds wordt het lijk van de zoon van de makelaar gevonden. Hij is in zijn hoofd geschoten, en mogelijk is hij niet vermoord op de plek waar hij is gevonden. Mogelijk is hij dus een van de twee lijken die in de woning hebben gelegen. We zijn dan nog één lijk kwijt.'

Van Opperdoes keek hem aan en fronste.

'Twee keer "mogelijk" in het verhaal.' Peinzend nam hij nog een slokje thee. 'We moeten wel uitkijken met wat we aannemen.'

Jacob trok zijn wenkbrauwen op. 'O, ja?'

'Jazeker. Want als het waar is wat Charlotte van Tiggelen ons heeft verteld... en als Robert Lousman niét een van de twee doden uit de woning was... dan zijn we nu niet één maar twee lijken kwijt. En hebben we... oneerbiedig gezegd... één dode over. Namelijk Robert Lousman.'

'Ja, dat is absoluut waar. Maar waarom vroeg jij nou niet door bij Lousman?'

Van Opperdoes nam vergenoegd het laatste slokje thee uit zijn beker en zette die voorzichtig neer op een van de kantelen van het dakterras van het bureau, voor hij antwoord gaf.

'Omdat Lousman veel meer weet van deze hele affaire dan hij ons wil vertellen.'

Jacob overdacht deze woorden en probeerde voor zichzelf duidelijk te krijgen hoe zijn oudere collega dit zo stellig kon zeggen. Hij kon er niet op komen. Iets moest Van Opperdoes opgevallen zijn, want Jacob wist dat hij niet iemand was die zomaar wat zei – zo goed kende hij hem inmiddels wel.

Jacob wachtte even of Van Opperdoes uit zichzelf opheldering zou verschaffen, maar dat gebeurde niet. Hij zag de oude rechercheur zachtjes voor zich uit zitten mompelen.

'Hoe weet je dat?' vroeg hij dus maar.

Van Opperdoes keek op en zijn ogen vernauwden zich tot kleine spleetjes, waar zachte pretlichtjes doorheen schitterden.

'Denk maar eens goed na...'

Jacob stond op. 'Dit vind jij leuk, hè?'

Van Opperdoes knikte vrolijk. 'Heel leuk!'

'Goed, oké, ik ga nadenken. Eén ding even...' Hij keek Peter van Opperdoes streng aan. 'Je hebt toch geen hulp van buitenaf gekregen, hè?'

De oude rechercheur keek Jacob met onschuldige ogen aan. 'Hoe bedoel je dat?'

'Jij sluwe oude vos, jij weet precies wat ik bedoel. En wie ik bedoel.'

Van Opperdoes reageerde in eerste instantie niet.

Hij was nuchter genoeg om te beseffen dat het allemaal onzin kon zijn... dat hij zich de stem van zijn vrouw inbeeldde... en dat hij dus eigenlijk sinds haar dood een oude excentrieke gek geworden was die stemmen in zijn hoofd hoorde.

Hij was bang dat Jacob er ook zo over dacht, al liet zijn jonge collega hem dat nooit merken. Hij zou het Jacob niet eens kwalijk kunnen nemen, maar soms voelde Van Opperdoes dat Jacob ook twijfelde. Hoe dan ook, wist de oude rechercheur, Jacob was in de korte tijd dat ze samenwerkten veel meer voor hem geworden dan een 'gewone' collega. En hij kon alleen maar hopen dat dat omgekeerd ook zo was.

Hij glimlachte naar Jacob.

‘Nee, het is een kwestie van goed nadenken, en goed onthouden, wat er is gebeurd. Als je dat doet, kun je erachter komen hoe makelaar Lousman zelf verraden heeft dat hij meer van de zaak weet dan hij ons wil laten geloven.’

En met dat raadsel liet hij Jacob achter op het terras en begaf hij zich naar de deur die leidde naar het rommelhok op zolder.

‘IJsselstein?’ riep Peter van Opperdoes naar boven.

Het geluid van omvallende spullen kwam hard de trap af. Het hield onheilspellend lang aan, verstilde toen langzaam, maar keerde in alle hevigheid terug toen kennelijk nog een kast omviel. Na een halve minuut verscheen het rood aangelopen, kale hoofd van IJsselstein boven in de trapopening.

‘Heb je niks beters te doen dan andere mensen lastigvallen?’

‘Gaat alles goed?’

IJsselstein leek zwaar beledigd. ‘En waarom zou het niet goed gaan?’

Van Opperdoes trok zijn meest onschuldige gezicht en haalde zijn schouders op. ‘Ik bedoel er echt niets mee. Weet je al iets over dat telefoonkaartje?’

‘Hm, tja... het lijkt een gecodeerd kaartje, maar ik kom een heel eind. Ik weet het 06-nummer en daar heb ik bij de telefoonmaatschappij de laatste gesprekken van opgevraagd. Ik kan je in ieder geval zeggen dat er veel gesprekken naar het buitenland mee zijn gevoerd. En het laatste gesprek is van eergisteren.’

‘Welk land?’

‘Colombia.’

‘Weet je nog meer?’

‘Dat het laatste gesprek is gevoerd vanuit de omgeving van de Tweede Goudsbloemdwarsstraat, mogelijk dus vanuit de woning zelf. Eergisteren. De dag voordat die vrouw die twee dooien vond...’

Van Opperdoes liet dit even op zich inwerken. Het was iets waar hij niet op had gerekend, maar interessant was deze informatie wel.

‘Mooi, mooi, mooi... dank je wel,’ bromde Van Opperdoes, voordat hij de deur naar de zolder weer dichttrok. Terwijl vanaf zolder weer een heidens lawaai van omvallende spullen klonk, begeleid door een aantal luide wanhopige kreten van IJsselstein, liep Van Opperdoes grijnzend naar de recherchekamer om zijn jas te pakken en verder te bedenken wat ze met deze kennis konden aanvangen.

Peter van Opperdoes zag er potsierlijk uit, gehuld in een lichtgrijze ziekenhuisjas, met blauwe plastic handschoenen aan en een wit papieren mutsje op zijn hoofd.

Jacob had zich wijselijk achter een klein bureautje in de sectieruimte verstopt en zat met een pen in de hand gereed om de opmerkingen van de patholoog-anatoom over te nemen op het speciale sectieformulier.

De medewerker van de patholoog, liefkozend ‘de snijder’ genoemd, deed het voorbereidende werk. Het lichaam van Robert Lousman lag naakt op de roestvrijstalen sectietafel, zijn hoofd iets omhoog gericht op een stalen ondersteuning. De snijder veegde met een spons het gezicht schoon en maakte vervolgens met een vlijmscherp mes een lange incisie in de lengterichting van het lichaam, waarna hij met een zaag het borstbeen doorzaagde.

Van Opperdoes stond er onverstoorbaar bij. Hij had in

zijn loopbaan tientallen, misschien wel honderden secties meegemaakt.

Hij kon zich zijn eerste sectie nog goed voor de geest halen, in het toenmalige sectielokaal aan de Overtoom, waar dokter Rusteloos al jarenlang met vaardige hand het sectiemes hanteerde.

De oude dokter was wat aan de dove kant, hetgeen soms grappige momenten kon opleveren. Meestal begon het al bij binnenkomst, wanneer hij de dokter begroette: 'Goedemorgen dokter, lekker weertje vandaag.' Waarop Rusteloos steevast antwoordde: 'Ik heb heerlijk geslapen, dank je wel. Waar bemoei je je mee, trouwens?'

Er was wel wat veranderd sinds de secties in het oude vervallen lokaal op de Overtoom. Nu stonden ze in Den Haag, in een grote, moderne steriele ruimte, met grote, zoevende automatische deuren, die toegang boden tot een lange gang langs een enorme glazen wand op de tweede verdieping. Van buitenaf moest het een vreemd gezicht zijn, om steeds mensen in blauwe overalls met witte mutsjes op en handschoenen aan, de sectielokalen in en uit te zien schuifelen, op weg naar weer een overledene die onderzocht moest worden. Het Nederlands Forensisch Instituut was er in die jaren behoorlijk op vooruitgegaan.

'Dat is vreemd...' mompelde de patholoog. 'Ah... hier is ie...'

Van Opperdoes knipperde met zijn ogen en schudde de herinneringen van zich af.

'Sorry, wat zei u?'

De patholoog hield het hoofd van Robert Lousman vast. Inmiddels had de snijder de schedel losgezaagd en bekeek de patholoog de verwonding achter in het hoofd.

'Hier is de kogel erin gegaan... met een verwoestend effect.'

Hij volgde het geronnen bloedspoor.

'De kogel zit er nog in. Een klein kaliber, denk ik.'

Jacob keek even op naar zijn collega, die geïnteresseerd naar de verrichtingen van de patholoog stond te kijken. Hij concentreerde zich op het papierwerk voor zijn neus, waarin hij alle bevindingen van de patholoog moest noteren. Toen de snijder begon te zagen, had hij het sectielokaal kort verlaten – dat ging hem allemaal even te ver.

'Wilde u niet graag weten of deze man vermoord is op de plaats waar hij is aangetroffen?' vroeg de patholoog aan Van Opperdoes.

Die glimlachte. 'Graag. Het kan van groot belang zijn.'

De patholoog boog zich weer voorover. Hij bekeek de lijkvlekken van het lichaam, de verwonding en de manier waarop het bloed naar beneden was gesijpeld.

'Hebt u de foto's van de vindplaats?'

Jacob stond op en overhandigde hem de foto's van de plek onder de brug. De patholoog deed zijn handschoenen uit en bestudeerde ieder detail van de foto's zorgvuldig.

'Hm... hm...' mompelde hij.

Na wat een eeuwigheid leek, gaf hij de foto's terug.

'Honderd procent zekerheid kan ik u niet geven, maar ik kom er wel dichtbij. Het schijnt mij toch toe dat deze man op deze plek is vermoord. Niet ergens anders. Alle verwondingen, lijkvlekken en bloedingen zijn consistent met de manier waarop hij daar lag.'

Hij deed een nieuw paar handschoenen aan.

Jacob ging zitten en legde de foto's voor zich neer.

Van Opperdoes kwam bij hem staan. 'Je beseft dat we dan nu nog geen stap verder zijn? Sterker nog... het raadsel wordt alleen maar groter...'

Terwijl de patholoog op de achtergrond doorging met de

sectie, borg Jacob de foto's op in het dossier.

'Ik weet het... nu zijn we nog steeds twee lijken kwijt.'

Van Opperdoes knikte. 'Als die er al waren...'

Hoofdstuk 13

Peter van Opperdoes liep over de Noordermarkt in de richting van de Brouwersgracht. Ondanks het late uur was de Jordaan vol leven en gezelligheid. De terrasjes zaten vol en over de Noordermarkt liepen verliefde stelletjes arm in arm door de warme nacht. Van Opperdoes passeerde café Papeneiland, waar barman Carlo net wat drankjes afleverde op het terras.

Blij verrast keek hij Van Opperdoes aan.

'Kijk eens aan... daar is ie dan eindelijk weer eens. Kom je even zitten?'

Van Opperdoes aarzelde, maar Carlo liet zich dit keer niet vermurwen.

'Kom op... het is laat, het is warm, het is zomer... kom effe zitten.'

Gastvrij trok hij een klapstoel naar voren.

Van Opperdoes schudde zijn hoofd, maar bedacht zich toen. 'Mag ik hem even meenemen?'

'Tuurlijk... het is jouw stoel. Al vreet je hem op...'

De oude rechercheur vouwde de stoel onder zijn arm en waggelde naar het trappetje aan de kant van de Brouwersgracht, dat leidde naar een kleine stenen aanlegplaats. Wonderlijk genoeg zat er niemand. Van Opperdoes klapte de stoel uit en ging zitten. Ondanks dat het al laat was, voeren er nog vele bootjes door de Brouwersgracht. Af en toe stak hij zijn hand op, als vriendelijke mensen hem tijdens het langsvaren groetten.

Hier had hij vaak met zijn vrouw gezeten, net als op het terras van Papeneiland. De herinneringen waren nog vers, en hij had er – sinds haar overlijden – niet meer gezeten. Toch voelde dit goed. Erg goed, zelfs.

'Ga daar toch eens op het terras zitten. Dat gezeur van jou ook altijd.' Ze klonk vrolijk knorrig, alsof ze hem een standje gaf.

Van Opperdoes glimlachte. Het was een mooi gezicht, zo'n glimlachende oude man op een klapstoeltje, in z'n eentje op de steiger op de Brouwersgracht.

'Komt wel... komt wel...' suste hij.

'Misschien is het juist wel goed als je het doet. Die mensen hebben het goed met je voor.'

'Dat weet ik.' Hij verzonk in gepeins. 'Zeg, wat jij me laatst vertelde...'

'Ja?' Zijn vrouw klonk voorzichtig. 'Je weet dat ik over bepaalde dingen niet mag praten.'

'Weet ik, weet ik...' haastte hij zich te zeggen. 'Maar kan je me wel zeggen of er...'

Van Opperdoes krabde op zijn hoofd. Hoe moest hij dit nu weer omschrijven?

'... twee mensen... of geesten... of hoe jullie dat ook noemen... vanuit de Tweede Goudsbloemdwarsstraat bij jullie boven zijn gekomen?'

Zijn vrouw proestte het uit. 'Je bent er twee kwijt, hè?'

Van Opperdoes moest er zelf ook om lachen. Als zijn collega's hem zo zou zouden zien, zouden ze hem meteen laten opnemen.

'Wacht even...' zei zijn vrouw.

Van Opperdoes voelde een hand op zijn schouder en keek op. Carlo boog voorover, een dienblad in zijn handen. Op het blad stond een kop koffie en een glas koele witte wijn, waar de druppels langzaam vanaf gleden.

'Jij mag kiezen,' zei Carlo glimlachend.

Van Opperdoes kon niet weigeren. Hij pakte het glas wijn en nam dankbaar een klein slokje. 'Dank je wel, goede vriend...'

'Ik wil dat je van de week koffie komt drinken. Ik zie je veel te vaak alleen langslopen. Dat is niet goed voor een mens.'

Van Opperdoes glimlachte. 'Ik beloof het.'

'En ik hou je eraan...' zei Carlo dreigend, terwijl hij het trappetje naar de gracht weer beklom.

'Ik kan hem toch moeilijk uitleggen dat ik niet zo alleen ben als hij denkt.'

'Ach, hij bedoelt het goed. En daarom ga jij daar ook koffie drinken, deze week.'

Tegen zoveel druk kon Van Opperdoes niet op. Zuchtend zette hij het glas wijn naast zich neer en leunde achterover.

'Zeg...' begon zijn vrouw.

Van Opperdoes sloot zijn ogen. 'Ja?'

'Hierboven is niemand binnengekomen vanaf de Tweede Goudsbloemdwarsstraat.'

De oude rechercheur fronste. Zijn vrouw zei het met enige nadruk: 'Hierboven.'

'Dat betekent... dat er... dáár beneden...' hij wees de grond in, '... wel twee zijn aangekomen?'

'Ik mag daar niets over zeggen. Maar een goed verstaander...'

Van Opperdoes ging rechtop zitten en leunde met zijn ellebogen op zijn knieën. Hij keek over de kruising van de Brouwersgracht met de Prinsengracht, waar de bootjes in een vrolijk gevecht waren verwikkeld om netjes en zonder tegen elkaar aan te varen de bocht proberen te nemen.

Er waren dus wel degelijk twee lijken in de woning geweest...

Op dat moment ging zijn telefoon, maar voordat Van Opperdoes opnam, voelde hij al waarvoor hij werd gebeld.

De kale kapitein van de grote politieboot liep met uitgestrekte hand op Van Opperdoes af.

Van Opperdoes schudde hem enthousiast de hand. 'Walter! Ben jij het water op gegaan?'

'Ik had het op straat wel gezien, na al die jaren aan de Warmoesstraat...' zei Walter. 'Kijk eens... ik heb er twee gevonden voor je.'

Van Opperdoes liep samen met hem naar de rand van het water, waar de politieboot zachtjes heen en weer schommelde. Jacob liep al druk aantekeningen te maken.

'Hallo... heb jij ze gevonden?' wilde Jacob weten, voor hij Walter de hand schudde.

'Ja... daar... aan de rand. Niet eens in het water.'

Hij bracht hen naar een door dichte bosschages verborgen inham aan het water. Het was duidelijk dat je de plek vanaf de wal nooit zou vinden, als je niet wist waar je moest zoeken. Zowel vanaf de wal als vanaf het water was de plek bijna niet te zien. Het was sowieso een verlaten en vergeten plek van Amsterdam, hier in het Westelijk Havengebied. Een ideale plek dus voor Amsterdammers om ongestoord hun groot afval te dumpen, wat ze dan ook met veel enthousiasme deden. Bedden, koelkasten, accu's, stoelen en tuinafval lagen her en der op het terrein. Walter wees op een grote oude kast, die achteloos op zijn kant tegen een groot metalen rek aan lag.

'Daar?'

Walter knikte.

'Was de kast dicht?'

Walter knikte weer. 'Ik vond een sleutel in de modder. Vreemd, dacht ik nog. Ik rondkijken, en toen zag ik die kast. De sleutel paste. En toen deed ik die deur open...'

'En schrok je je rot,' concludeerde Jacob.

'Dat kun je wel zeggen...' mompelde Walter.

Van Opperdoes trok plastic handschoenen aan en liep, gevolgd door Jacob, voorzichtig naar de kast en trok de deur langzaam open. De kast was groot, maar kennelijk waren de lichamen met kast en al hier naartoe vervoerd, want de twee mannen lagen vreemd tegen elkaar aan en over elkaar heen geschoven. Van een van de twee slachtoffers was het achterhoofd zichtbaar. Van Opperdoes wees op de verwonding net onder de haargrens.

'Dat zijn ze...' concludeerde Jacob. Van Opperdoes knikte. 'Dat denk ik ook. Hier naartoe gebracht en gedumpt in een oude kast zodat ze niet op zouden vallen. Nou, laat de rest maar over aan de technische recherche.'

Langzaam sloot hij de kastdeur.

'Dat is mooi werk, dat jullie ze daar hebben gevonden,' zei hij tegen Walter.

'Het was echt puur toeval. Ik heb eigenlijk ook geen idee wat we hier deden, maar soms heb je dat gevoel, dat je ergens moet gaan kijken, dat je denkt dat er iets te vinden is, wat dan ook. Toen vond ik die sleutel... zag die kast... heel raar allemaal. Maar ja, we hebben ze wel.'

Jacob keek heel even naar Van Opperdoes, omdat hij dacht dat hij hem geheimzinnig zag glimlachen, maar toen zijn ogen die van de oude rechercheur ontmoetten, haalde Van Opperdoes onschuldig zijn schouders op, alsof hij wilde zeggen: tja, toeval bestaat... toch?

De technische recherche had de omgeving afgezet en was met een grondig sporenonderzoek begonnen. Er werd vanaf de weg naar de kast toe gewerkt en als laatste zouden ze de lichamen uit de kast halen.

Hugo en Ton openden de deur en haalden voorzichtig het eerste lichaam eruit. Toen ze hem vasthadden en voorzichtig ruggelings op een groot plastic zeil kantelden, rolde het tweede lichaam tegelijkertijd langzaam mee. De adem van de twee technisch rechercheurs stokte.

'Jezus...' schrok Ton.

Verrast door de huiveringwekkende aanblik deinsde ook Van Opperdoes onwillekeurig achteruit.

De twee lichamen lagen nu ruggelings op het zeil. Ze waren beiden gekleed in spijkerbroek en T-shirt, maar die shirts waren omhooggetrokken en de buiken van de twee mannen waren op gruwelijke wijze opengesneden.

Van Opperdoes zakte kreunend op zijn hurken en bekeek de beestachtige verwondingen. Daarna onderzocht hij de hoofden van de twee mannen. Zijn eerste indruk was juist geweest, de verwonding in het achterhoofd leek op de inschotverwonding bij Robert Lousman. Hij zuchtte en stond moeizaam op. De conclusie was niet moeilijk. Deze twee mannen waren lafhartig vermoord door een schot in het hoofd, waarna de daders ze hadden opengesneden om bolletjes cocaïne die ze hadden geslikt, uit hun lichamen te halen.

Cathelijne de Wind was vrij snel ter plekke. Ze toeterde en zwaaide vanuit het kleine witte GG&GD-autootje, toen ze eindelijk had gevonden waar ze moest zijn.

'Dag dokter,' begroette Van Opperdoes haar. 'Het spijt me dat u weer bij nacht en ontij op moet draven.'

'Het is mijn werk,' antwoordde ze. Ze zag de twee lichamen liggen. 'Twee? Hebt u een abonnement op overledenen deze dagen?'

Van Opperdoes haalde zijn schouders op. 'Het schijnt erbij te horen...'

Cathelijne de Wind stond roerloos bij de twee lichamen. De schouwarts had zorgvuldig haar handschoenen aangetrokken en nam weer alle tijd om de lichamen te bekijken voor ze ze uiteindelijk aanraakte.

Van Opperdoes liet haar haar gang gaan. Hij had alle vertrouwen in deze schouwarts, al was haar werk – het constateren van de dood en vaststellen of dit een natuurlijk overlijden was of niet – dit keer wel erg eenvoudig.

'En?' vroeg Jacob.

Van Opperdoes schommelde langzaam heen en weer op zijn vermoeide benen, terwijl hij nadacht.

'Hoe deze twee aan hun trieste einde zijn gekomen, daar hoeven we niet lang over na te denken. En ik ga er voor het gemak ook maar van uit dat dit de twee lichamen uit de Tweede Goudsbloemdwarsstraat zijn.'

'Bolletjesslikkers.'

Van Opperdoes knikte langzaam. 'Ook daar kunnen we denk ik wel van uitgaan...'

De schouwarts keek op en kuchte. 'Ga daar inderdaad maar van uit. Een paar van de bolletjes zijn tijdens het verwijderen stukgegaan, of per ongeluk stukgesneden. Ik zie hier nog duidelijk resten van de cocaïne.'

Van Opperdoes legde zijn vinger over zijn neus tegen zijn voorhoofd en fronste.

'Weet je nog dat simkaartje uit de telefoon, dat ik in de woning had gevonden?'

Jacob wist waar zijn oudere collega naartoe wilde. 'Gesprekken naar Zuid-Amerika, toch?'

'Klopt. En dit zijn geen Nederlanders.'

Jacob schudde zijn hoofd. 'Dat leek me ook al.'

Van Opperdoes ademde diep in en liet de lucht heel langzaam aan zijn longen ontsnappen.

'Deze twee mannen lagen in de Tweede Goudsbloemdwarsstraat. Dokter?'

De schouwarts draaide zich om. 'Ja?'

'U hebt het lichaam van Robert Lousman gezien... en deze twee heren. Kunt u iets zeggen over het tijdstip van overlijden?'

Ze haalde haar schouders op. 'Niet in minuten. Misschien zelfs niet in uren...'

Ze bekeek de randen van de verwondingen, en voelde met haar vingers rond de verwonding in het achterhoofd.

'Maar één ding is wel heel duidelijk... deze twee zijn langer dood dan Robert Lousman.'

Van Opperdoes keek Jacob aan. Dat was belangrijke informatie.

'O... en nog iets...'

De schouwarts stond op.

'Deze twee zijn met een ander wapen doodgeschoten. Een groter kaliber. De inschotopening is duidelijk anders. Groter. En er is een uitschotopening. De kogel is dwars door het hoofd gegaan. Een groter wapen dus.'

Van Opperdoes kon een wrange glimlach niet onderdrukken. 'Het zal eens meezitten...'

Jacob schudde zijn hoofd. 'Tjonge jonge, denk je dat iets overzichtelijker wordt. Nu hebben we de lijken uit de Goudsbloemdwarsstraat en een dode zoon van een makelaar, zijn ze door verschillende mensen vermoord.'

Hij zuchtte diep.

Van Opperdoes stak zijn vinger op. 'Niet per se door verschillende mensen, waarde Jacob. Maar in ieder geval wel met verschillende wapens.'

Jacob stuurde de recherchewagen de binnenstad in. 'En nu?'

Van Opperdoes wees. 'Hier links... dan rechts...'

'Wil je niet meteen naar het mortuarium, voor die twee lijken?'

Van Opperdoes keek rustig om zich heen. 'Zo meteen... die lopen niet weg.'

Het was druk op de Nieuwmarkt. Drommen mensen zaten op de grote terrassen bij De Waag en alle kleine terrasjes aan weerszijden daarvan. Peter van Opperdoes wees in de richting van een kleine zijstraat van de Nieuwmarkt, waar Jacob vervolgens in reed. Om de vele wandelaars niet tot last te zijn, reed hij stapvoets in de richting van de Oudezijds Achterburgwal.

Van Opperdoes wees opgetogen naar een lege parkeerplek langs de gracht. 'Kijk eens... alsof ze ons verwachten...'

'En waarom wil je naar haar toe?' Jacob parkeerde de auto handig in en stapte uit.

Sneller dan Jacob verwachtte, liep Van Opperdoes voor hem uit. Hij sloot de auto af en haalde hem op een sukkeldrafje in. 'Nou?'

Van Opperdoes keek naar zijn jonge collega.

'Weet je nog dat ik zei dat makelaar Lousman meer wist van wat er in de Tweede Goudsbloemdwarsstraat was gebeurd?'

'Natuurlijk...'

'Weet je dan ook al waarom ik dat zei?'

Jacob grinnikte. 'Geen tijd gehad om over na te denken. Er is in de tussentijd zoveel gebeurd...'

Van Opperdoes ogen twinkelden. 'Nou vooruit, ik geloof je. Kun je je herinneren dat we die eerste keer in zijn kantoor waren?'

Jacob zag het weer voor zich. De oude makelaar woedend en schreeuwend achter zijn bureau.

'En kun je je herinneren dat wij het dossier van hem kregen?'

Ook dat zag Jacob weer voor zich. De makelaar die zich omdraaide en om het dossier van Tweede Goudsbloemdwarsstraat nummer 302 riep.

'Ach, natuurlijk... shit...' riep Jacob uit. Hij stond stil en greep vertwijfeld naar zijn voorhoofd. Dat hem dat nou niet eerder was opgevallen. 'Wat stom...'

De oude rechercheur legde zijn hand op de schouder van Jacob. 'Weet je het nu?'

'Wij hebben hem nooit verteld om welk pand het ging.'

Van Opperdoes knikte langzaam. 'Precies... heel expres heb ik hem niet verteld waar het om ging. Hij begon meteen te gillen en te schreeuwen dat we zijn reputatie als makelaar aan het slopen waren. Ik kreeg niet eens de kans om een huisnummer te noemen. Maar hij wist precies om welk pand het ging en vroeg zijn secretaresse om de juiste map. Tweede Goudsbloemdwarsstraat nummer 302...'

'Ik moet nog veel leren.' Jacob perste zijn lippen op elkaar en keek kwaad en verdrietig tegelijk.

Van Opperdoes klopte goedmoedig op Jacobs schouder. 'Hou nou toch op. Iedereen maakt weleens een foutje.'

Hij draaide zich om en liep door, beschenen door de rode

tl-balken uit de bordelen van de Oudezijds Achterburgwal.

'Ja, jij hebt makkelijk praten. Jij hebt hulp van bovenaf...' mompelde Jacob, maar moest er meteen zelf om glimlachen.

Van Opperdoes liep in de richting van de bordelen.

'Ja... oké... maar wat doen we nou hier?' riep Jacob hem vertwijfeld na. De oude rechercheur draaide zich om en wachtte tot Jacob weer bij hem stond.

'Ik zal het je uitleggen. We zijn het erover eens dat makelaar Lousman wist om welk pand het ging.'

Jacob knikte.

'De makelaar wist ervan... en Charlotte van Tiggelen wist ervan. Maar zij zegt dat ze de makelaar niet heeft gebeld. Dus hoe kon die makelaar weten om welk pand het ging?'

Van Opperdoes draaide zich om en zwaaide naar de prostituee die achter het raam zat. Ze opende het deurtje van haar peeskamertje.

'Wat doe jij hier? Je was toch weg van de Warmoesstraat?'

Van Opperdoes haalde zijn schouders op. 'Het bloed kruipt waar het niet gaan kan, Frederique... Waar is Mooie Annetje?'

Frederique, een rondborstige prostituee met een warm gezicht en weelderige rondingen, wees over haar schouder naar boven.

'Ha, ha... Mooie Annetje... nou, die is boven in het kantoor. Loop jij maar door.'

Van Opperdoes knikte dankbaar en liep door het peeskamertje naar de achterdeur, die toegang bood tot een sober en slecht verlicht trappenhuis. Hij besteeg brommend de steile trappen en kwam uit in het achterhuis van het oude grachtenpand.

'Annetje? Mooie Annetje?' riep hij naar boven.

'Zo... dat heb ik lang niet gehoord,' klonk het terug. Een hoofd verscheen in de trapopening. Felrood gestifte lippen lachten Van Opperdoes vriendelijk toe.

'Annetje...'

De oude rechercheur liep de laatste trap op en schudde de vrouw hartelijk de hand. Ze was ver in de zestig, maar oogde vol energie.

'Wat een ellende allemaal, hè? M'n dochter is er helemaal stuk van.'

'Dat kan ik me voorstellen...'

'Over voorstellen gesproken...' Mooie Annetje stak haar hand uit naar Jacob. 'Annet van Tiggelen.'

'Aangenaam... Jacob,' zei Jacob.

Ze wees naar de ruimte achter haar. Van Opperdoes en Jacob betraden de kamer, die ongeveer vier bij vier meter groot was. In het midden stond een grote keukentafel, met daaromheen zes stoelen. Annetje bleef links naast de toegangsdeur staan, waar op een keukenblad een ouderwets koffiezetapparaat stond. Ze pakte een koffiefilter en schepte er met een traditioneel schepje wat koffie in.

'Allebei koffie?'

Jacob bedankte beleefd. 'Voor mij niet... dank u.'

'Ach, doe mij maar een bakkie... lekker,' zei Van Opperdoes.

Annetje knikte dankbaar en goot water in het apparaat. Binnen enkele seconden klonk een tevreden gepruttel uit de machine. Annetje bleef er even naar staan kijken en kwam toen aan tafel zitten.

'Wat verschaft mij de eer?' vroeg ze.

Jacob keek rond. De keuken, die duidelijk werd gebruikt als een soort rustruimte voor de prostituees, bood uitzicht op een binnenplaats. Aan de muur hing een verouderd bord met daarop plek voor acht sleutels. Boven de sleutels konden de dames met een viltstift hun naam zetten, zodat Annetje wist wie er in welke kamer aan het werk was. Het bord was met een dikke streep in tweeën verdeeld; boven stond DAG en onder stond AVOND.

Annetje had twee ploegen per dag aan het werk. De kamer was, net als het trapportaal, behangen met verouderd bloemetjesbehang. Het was een echt ouderwets bordeel.

Het geprуttel bereikte een hoogtepunt en dikke wolken stoom stegen boven het koffiezetapparaat uit. Annetje schonk een kopje vol en zette het voor de oude rechercheur neer. Vragend keek ze hem aan.

Van Opperdoes roerde in zijn koffie. 'Ja, het is inderdaad nogal wat, wat Charlotte heeft meegemaakt.'

Annetje ging zitten, een verslagen blik op haar gezicht.

'Het arme schaap was toch behoorlijk van slag. Ze lijkt wel zo kalm, maar toch...'

Van Opperdoes knikte begrijpend. 'Dat is heel logisch. Het is ook behoorlijk ingrijpend. Je moet de dood nooit onderschatten. Hoe kwam ze trouwens bij makelaar Lousman terecht, weet jij dat?'

Annetje glimlachte en zwaaide haar vinger heen en weer voor het gezicht van de oude rechercheur. 'Die trucjes van jou... onverbeterlijk ben je. Je weet donders goed dat ik Charlotte naar Lousman heb gestuurd.'

'Goed... goed... ik kan voor jou toch niks verborgen houden,' gaf Van Opperdoes vriendelijk toe. 'Jij kende Lousman dus. Waarvan?'

'Hij is eigenaar van dit pand. Ik ken hem al jaren. Eeuwen, eigenlijk.'

'Is het een betrouwbare man?' wilde Jacob weten.

Ze haalde haar schouders op. 'Wie is er betrouwbaar tegenwoordig? Hij heeft een grote mond en een kort lontje.'

Ze grinnikte.

'Letterlijk.'

Van Opperdoes verslikte zich bijna in zijn koffie. Jacob dacht ineens heel anders over de schreeuwende makelaar.

Mooie Annetje schudde gedecideerd haar hoofd.

'Ik weet wel waar je voor komt, Van Opperdoes. Die makelaar wist echt helemaal niks van die lijken toen ik hem belde. Ik durf daar een eed op te doen.'

Van Opperdoes ging verrast rechtop zitten. 'Wanneer heb jij hem daar dan over gebeld?'

Ze keek hem met grote ogen aan. 'Nou... direct nadat Charlotte mij huilend belde vanuit de Tweede Goudsbloemdwarsstraat, natuurlijk.'

'U hebt Lousman toen meteen gebeld?' Jacob wilde het zeker weten.

Ze snoof. 'Meteen! Dezelfde minuut. Natuurlijk, wat dacht jij dan! Ik heb eerst tegen haar gezegd dat ze naar jou moest gaan. Jou ken ik, jou vertrouw ik. Vervolgens heb ik opgehangen, en meteen die ouwe Lousman gebeld en hem de huid vol gescholden. Wat dacht je dan...'

Van Opperdoes boog naar haar toe.

'Luister Annetje... heb je hem verteld wat Charlotte jou had verteld?'

Ze dacht heel even na.

'Ik heb hem gevraagd hoe hij het in z'n bolle kop haalde om haar een woning te verhuren waar de vorige dooie huurders nog niet eens waren weggehaald.'

Ze keek tevreden van Jacob naar Van Opperdoes.

'Zoiets was het wel, geloof ik. Ja, wist ik veel hoe het zat.'

Van Opperdoes en Jacob wisselden een blik. Ineens werd hen veel duidelijk.

Hoofdstuk 14

De beheerder van het mortuarium stond hen bijna handenwrijvend op te wachten.

'Twee tegelijk dit keer, Van Opperdoes. Drie in twee dagen. Het gaat je zeker goed...'

Van Opperdoes sjokte naar binnen. Op de benauwde parkeerplaats hadden ze de witte bestelbus van de technische recherche al zien staan, dus de aanwezigheid van Ton van Maan en Hugo Pastoor verraste hem niet.

De twee lichamen lagen op afzonderlijke onderzoekstafels, ieder in een aparte ruimte. Hypothetisch gezien zouden de twee mannen door verschillende daders vermoord kunnen zijn, en dus moest ervoor worden gewaakt dat er vermenging van sporen, en dus bewijs, zou plaatsvinden.

Ton van Maan en Hugo Pastoor hielden zich ieder in een aparte ruimte van het mortuarium bezig met een stoffelijk overschot.

'En?' vroeg Van Opperdoes.

Ton van Maan, die bezig was met het voorzichtig verwijderen van de kleding van het stoffelijk overschot, keek op, trok het mondkapje dat hij droeg naar beneden en grijnsde. 'Dit zijn ze hoor, de lijken uit de Jordaan. De vingerafdrukken matchen.'

Van Opperdoes wuifde met zijn hand. 'Daar twijfelde ik

ook niet aan. Maar wie zijn het? Daar gaat het mij om.'

De telefoon van Hugo Pastoor rinkelde. Hij ging op de gang staan om het gesprek te voeren, kwam terug om een blocnote van tafel te grissen en verdween weer snel. Toen hij na enkele minuten weer het mortuarium binnenkwam, keek hij verrast.

'Onvoorstelbaar. Een telefoontje van Interpol... Ze mailen nog alle bijzonderheden, maar hier hebben we de namen van deze twee.'

Van Opperdoes en Jacob zagen twee lange Zuid-Europese namen op het kladblok gekrabbeld, met geboortedata eronder. Bij een van de twee stond een uitroepteken.

'Waarom staat dat er?' wees Jacob.

Hugo Pastoor grijnsde.

'Dit ga je leuk vinden. Erg leuk... Ze hebben hem bij onze infoafdeling al door de computer gehaald, en de naam van deze dooie is al eerder opgedoken in Amsterdam, in gezelschap van iemand anders...'

Van Opperdoes' wenkbrauw klom langzaam omhoog.

'O... en met wie dan wel?'

Hugo sloeg plechtig een bladzijde van zijn blocnote om. Midden op de pagina stond een naam: Adriaan de Kooning.

Peter van Opperdoes trok zijn knieën op en plantte zijn voeten in de uitgeschoven onderste lade van zijn bureau. Hij leunde achterover en liet zijn hoofd naar achteren zakken tot hij schuin naar het plafond keek. Zo bleef hij een minuut zitten, voor hij weer overeind kwam en Jacob aanstaarde.

'Op Adriaan de Kooning wordt al jaren gejaagd. Niemand komt bij hem in de buurt.'

Hij zuchtte diep en masseerde zijn slapen met zijn vingers.

‘Ik kan de connectie tussen Robert Lousman en Adriaan de Kooning niet bedenken.’

Jacob haalde zijn schouders op. ‘Misschien is die er ook niet. De infoafdeling en de criminele inlichtingendienst hebben daar ook geen enkele informatie over. Die twee kennen elkaar niet, hun werelden raken elkaar niet. Voor zover wij weten dan...’

Van Opperdoes knikt. ‘Die laatste woorden, daar gaat het nou juist om. Voor zover wij weten, werken ze niet samen. En toch is er ergens een connectie. De bolletjesslikkers werkten samen met Adriaan de Kooning.’

Hij keek op zijn horloge en haalde zijn voeten uit de bureaula. ‘Kom mee.’

‘Waar wil je in hemelsnaam naartoe? Het is midden in de nacht. Bovendien...’ Hij fronste, alsof hem plotseling iets te binnen schoot.

‘Wat?’

Jacob streek over zijn buik. ‘Heb jij al iets gegeten?’

Van Opperdoes lachte. ‘Ik vond het al zo lang duren. Kom, waar ik naartoe wil, is altijd genoeg te eten.’

Vliegveld Schiphol leek uitgestorven, zo midden in de nacht. Zelfs de door Van Opperdoes beloofde snackwinkels waren dicht. Mopperend en met rommelende maag liep Jacob achter de oude rechercheur aan, naar het loket van de Koninklijke Marechaussee.

Een stevige, roodharige marechaussee bekeek hun legitimatiebewijzen. ‘Wat kan ik voor jullie doen, collega’s?’

Jacob legde een papiertje neer met namen van de twee slachtoffers. ‘Kunnen jullie zien wanneer deze zijn aangekomen?’

De marechaussee stak een tandenstoker in zijn mond en

liet hem bedachtzaam van links naar rechts rollen. 'Hebben jullie enig idee uit welk land ze komen?'

'Colombia.'

De marechaussee knikte langzaam. 'Wacht maar even.'

Toen Jacob tien minuten later verlekkerd voor een snoepautomaat stond en er net geld in wilde gooien, tikte de marechaussee op zijn schouder.

'Hier. Maar niet vragen hoe ik eraan kom...' zei hij geheimzinnig.

Op het papiertje stond een datum, een vluchtnummer en een tijd.

Van Opperdoes grijnsde. 'Daar hoopte ik al op. Nu heb ik nóg een vraag...'

De marechaussee zuchtte diep. 'Jullie komen zeker uit Amsterdam, hè? Nooit tevreden... gaan maar door.'

Van Opperdoes legde zijn hand op de arm van de marechaussee. 'Dat zie ik dan maar als een goede eigenschap, collega. Het is maar een klein vraagje.'

'Nou vooruit dan maar, het is nu toch erg rustig. Wat is het?'

Een paar minuten later zaten Jacob en Van Opperdoes in een moderne ruimte, waar ze achter een monitor de videobeelden van de aankomsthal bekeken, waar de twee Colombianen aan waren gekomen. Tientallen camera's hadden iedere beweging op de luchthaven vastgelegd en de beelden waren met een simpele muisklik op te vragen. Het duurde niet lang voor ze de twee mannen in beeld hadden.

Ze verlieten gescheiden van elkaar het vliegtuig. Bert, de roodharige marechaussee, wist met handige bewegingen de beelden zo achter elkaar te plaatsen dat Van Opperdoes en Jacob hun hele aankomst konden volgen. Tot bij de bagageband keken de twee bolletjesslikkers elkaar niet aan, toen vond de eerste korte blikwisseling plaats – want op dat moment moesten ze door de douane. Een geoefende observator kon zien dat de twee nerveus waren, maar kennelijk viel het de douaniers niet op. Ze konden doorlopen, en de grote schuifdeuren naar het openbare gedeelte van Schiphol openden zich.

Bert klikte op de muis, en de beelden werden overgenomen door een nieuwe camera. Tegelijk bogen Van Opperdoes en Jacob zich naar voren.

'Kun je inzoomen?' vroeg Van Opperdoes en wees opgewonden naar een man op het beeldscherm.

Bert klikte.

Daar, niet te missen, pontificaal midden in de aankomsthal, stond Robert Lousman.

'Wat doe je nou?' vroeg Van Opperdoes.

Jacob sloeg rechtsaf, terwijl Van Opperdoes verwachtte dat hij linksaf zou gaan, naar het bureau.

Jacob fronste. 'Heel even maar...'

Hij reed vol gas de Stadhouderskade af en sloeg rechtsaf bij de Van Woustraat. Met piepende remmen hield hij halt voor de laatste snackbar in Amsterdam die nog open was.

Grijnzend keek hij naar Van Opperdoes. 'Wil jij iets?'

De oude rechercheur schudde zijn hoofd. Hij had het kunnen verwachten. Minstens eenmaal tijdens een onderzoek moest Jacob zijn geliefde patatje oorlog nuttigen.

De oude rechercheur boog zich naar voren en zag de late uitgaanstypes hun laatste vette hap eten. Nu hij er zo over nadacht... hoe lang was het geleden dat hij iets had gegeten? Hij moest er niet aan denken om Jacobs prutje van satésaus, mayonaise, uitjes en patat tot zich te nemen, maar iets anders leek hem wel wat.

'Hebben ze hier kroketjes?' vroeg hij.
'En hoe...' haastte Jacob zich te zeggen.
Hij rende naar binnen en kwam even later terug met twee gevulde papieren zakjes. Een dampend bakje patat met een bruinwitte smurrie deed Van Opperdoes de neus optrekken, maar de kroket zag er werkelijk smakelijk uit.
'Zie je nou wel? Je zit altijd zo te zeuren dat ik wat gezonds moet eten... maar zo slecht is het niet.'
Van Opperdoes nam een hap. 'Dit niet, nee, vooral als je een hele dag niet hebt gegeten.'
Hij wees naar de patat en de saus.
'Maar dat...'
Jacob speelde alsof hij zich beledigd voelde. 'Zeurpiet.'
Van Opperdoes kauwde bedachtzaam op zijn kroket en vroeg zich af of dit een echte Van Dobbenkroket was. Die vond hij namelijk altijd al erg smakelijk, net als de bitterballen van Van Dobben. Hij kende de beroemdste broodjeszaak in de Korte Reguliersdwarsstraat al tientallen jaren, toen het nog drie pijpenlaatjes naast elkaar waren, waar je vooral op de vrijdag- en zaterdagavond eerst langs moest lopen om te zien of er wel plek was.
Jacob draaide een lange patat door de saus en stak die vergenoegd in zijn mond.
'Robert Lousman...' begon Van Opperdoes, nadat hij het laatste stukje van de kroket had verorberd. Hij zweeg en dacht even na. Zo'n slecht idee was het toch niet geweest van zijn jonge collega, om even iets te eten. Het onderzoek bij de marechaussee was waardevol geweest, zeer waardevol.
Ze hadden op de beelden gezien hoe Robert Lousman de twee bolletjesslikkers aansprak en samen met hen de luchthaven verliet. Het leek erop dat hij een pasje liet zien. Mogelijk had hij een legitimatiebewijs van de politie vervalst,

maar zelfs door maximaal in te zoomen konden ze niet goed zien wat het precies was.

In ieder geval bleek dat de twee mannen hem volgden tot ze buiten kwamen, waarna ze hem niet meer op de beelden aantroffen.

'Dat heeft hij vaker gedaan,' had de marechaussee die de beelden voor hen had opgezocht gezegd. 'Kijk maar eens hoe rustig en geroutineerd hij te werk gaat...'

'Hij haalt ze toch gewoon op?' had Van Opperdoes verrast gevraagd.

Bert had zijn hoofd geschud. 'Hij steelt ze...'

'Pardon?'

'Ze worden tegenwoordig niet meer opgehaald. De bolletjesslikkers krijgen een adres mee... dat hebben ze ergens verstopt in hun kleding, het is vaak het enige wat ze meekrijgen... en daar gaan ze naartoe. Deze man gaat naar Schiphol, weet op een of andere manier wie de bolletjesslikkers zijn, zegt tegen hen dat de plannen veranderd zijn en dat ze met hem mee moeten komen. Of hij zegt dat hij van de politie is. Hij lokt ze dus mee en verbergt ze ergens waar ze de drugs moeten uitpoepen. Dan schopt hij ze de straat op, en hij is een paar kilo drugs rijker, zonder dat hij ervoor heeft betaald. Zo steelt hij de bolletjesslikkers... en de bolletjes... van de daadwerkelijke eigenaar van de drugs, die er een hoop geld voor betaald heeft.'

'Ja? Wat wou je zeggen? Robert Lousman?' Jacob had het afval in de vuilnisbak van de snackbar gegooid en stapte weer in.

'Ik wou zeggen dat Robert Lousman de bolletjesslikkers van Adriaan de Kooning heeft meegelokt naar de Tweede Goudsbloemdwarsstraat,' zei Van Opperdoes.

Jacob startte de auto en reed rustig terug naar het bureau Raampoort.

'Dat denk ik ook. Maar wie heeft die twee daar in die woning dan vermoord? En waarom? En wie heeft Robert Lousman vermoord?'

Van Opperdoes zweeg.

Jacob had Van Opperdoes thuis afgezet. De oude rechercheur was als een blok in slaap gevallen, maar wandelde de volgende ochtend toch al weer vroeg naar het bureau, uitgerust en wel. De diepe slaap had hem goed gedaan en hij was uiteindelijk toch wel tevreden over het verloop van het onderzoek. Langzaam maar zeker kwam hij bij de ontknoping, dat voelde hij.

Er waren nog veel vragen, maar de antwoorden waren... ergens... binnen handbereik. Maar waar?

Onderweg liet Van Opperdoes de milde ochtendzon op zijn hoofd schijnen. Alle details van het onderzoek zweefden door zijn hoofd, klaar om op hun plek te vallen. Soms pikte hij er één tussenuit en dacht daar wat langer over na... om het dan weer los te laten. Maar plotseling had hij er één te pakken dat hij niet meer losliet... Van Opperdoes stapte flink door naar het bureau.

De wachtcommandant zwaaide vriendelijk toen Van Opperdoes het bureau binnenkwam en de monumentale trap naar de eerste verdieping besteeg. De recherchekamer was nog verlaten, maar de zon scheen vrolijk door de ramen. Van Opperdoes liet zich in zijn stoel zakken, schoof de telefoon naar zich toe en draaide het nummer van de technische recherche.

'TR, met Van Maan.'

'Ton, met Van Opperdoes aan de Raampoort, goedemorgen.'

‘Van Opperdoes... je bent er vroeg bij vandaag...’

‘Wil jij iets voor me doen?’

‘Altijd. Zeg het maar.’

Van Opperdoes keek tevreden. ‘Jullie hebben de kleding van die slachtoffers daar, toch?’

‘Klopt. Er zit niks in.’

‘Ik wil dat je alles onderzoekt. Iedere zak, iedere naad, elke vierkante centimeter van die kleding.’

‘Zit er iets in verborgen?’ wilde Van Maan weten.

‘Dat zou zomaar kunnen.’

Het bleef heel even stil. Kennelijk was Van Maan in de veronderstelling dat ze alles goed hadden onderzocht, en kwam de vraag van Van Opperdoes als een soort motie van wantrouwen. Maar Van Maan was professioneel genoeg om dat niet te laten blijken.

‘Ik ga er meteen mee aan de slag. We moeten toch alle kleding nog bemonsteren, dus dan kunnen we dat mooi tegelijkertijd doen.’

‘Dank je, jongen...’

Van Opperdoes hing op en Jacob kwam de recherchekamer binnen. Hij was verrast Van Opperdoes al te zien zitten.

‘Jij bent er vroeg bij. Ik vond het al vreemd dat je niet thuis was.’

Van Opperdoes schudde zijn hoofd.

‘Ik ben lekker gaan wandelen. Ik moet in beweging blijven, anders word ik een stramme ouwe man. Moet er niet aan denken...’

Hij stond op.

‘Hou je jas maar aan. We gaan eens even een derdegraads verhoor afnemen.’

‘Mooi...’ zei Jacob, ‘en ik denk dat ik ook wel weet bij wie.’

Hoofdstuk 15

Het zweet brak makelaar Lousman spontaan uit. Het gutste van zijn voorhoofd naar beneden, ondanks dat hij herhaaldelijk met een witte zakdoek over zijn hoofd wreef.

'Twee lijken...' zei hij zacht. 'In een huis van mij. En mijn zoon...'

Van Opperdoes keek hem koel aan.

'Meneer Lousman. We hebben hier geen tijd voor.'

Ook Jacob bezag de makelaar met een kille blik. 'En we hebben er geen zin in, bovendien.'

'O,' zei de makelaar, terwijl hij bedeesd naar zijn bureau terugscharrelde en ging zitten. Er was weinig over van het imposante machogedrag dat de makelaar had laten zien tijdens hun eerdere ontmoetingen.

Makelaar Lousman zat diep in de problemen en dat besefte hij zich terdege.

Hij keek nerveus om zich heen, ervoor wakend dat hij Van Opperdoes noch Jacob lang aankeek. Als zijn blik al per ongeluk die van een van de rechercheurs kruiste, keek hij snel weg. Er viel een opzettelijk lange stilte, die uiteindelijk doorbroken werd door de zwetende man achter het bureau.

'Ik heb er niks mee te maken. Ik ben zelf slachtoffer. Mijn zoon is vermoord, weet u nog?'

Van Opperdoes knikte. 'Dat weten we ook, meneer Lousman. Het gaat er nu even om onder welke omstandigheden uw zoon is vermoord.'

'Dat lijkt me logisch. Hij was in die woning en hij is daar vermoord, samen met twee anderen.'

Van Opperdoes schudde langzaam zijn hoofd, terwijl hij Lousman strak aankeek. 'Dat wilt u ons graag laten geloven. Net zoals u ons wilde laten geloven dat u niet wist wat er gebeurd was in de Tweede Goudsbloemdwarsstraat, toen we elkaar de eerste keer spraken.'

Lousman zette grote onschuldige ogen op. 'Maar dat wist ik ook niet.'

Jacob boog zich naar de makelaar toe. 'Kom, kom... denkt u nou echt dat wij niet met Annet van Tiggelen hebben gesproken?'

Het feit dat Lousmans lip begon te trillen, bewees dat ze hem een emotionele slag hadden toegebracht. Het was voor het eerst dat ze de man zo kwetsbaar zagen.

Van Opperdoes knipperde met zijn ogen en vroeg zich af of hij Lousman de hele tijd misschien verkeerd had ingeschat. Hij zag namelijk plotseling een heel andere Lousman voor zich; een man die onvoorstelbaar naïef had geredeneerd. Hoe kon hij aannemen dat de recherche niet met Annet van Tiggelen zou gaan praten? Hoe kon hij denken dat zij niet tegen Van Opperdoes zou vertellen dat ze Lousman had gebeld over de twee lijken in de Tweede Goudsbloemdwarsstraat?

En plotseling wist Van Opperdoes het. Hij ademde diep uit. Hier zat geen verdachte, geen medeplichtige.

Hier zat een vader.

'Meneer Lousman... wij weten dat Annet u heeft gebeld.'

Hij liet een stilte vallen, geen dreigende, maar een meelevende.

'Wie stond er bij u, toen u dat telefoontje kreeg?'

Lousman glimlachte wrang. Hij keek Van Opperdoes nu recht in het gezicht, met vochtige ogen. 'Mijn zoon Robert.'

Van Opperdoes knikte. 'Precies wat ik had verwacht. En u zei tegen uw zoon wat u van Annet van Tiggelen had gehoord?'

Lousman haalde gebroken zijn schouders op en knikte.

'En wat gebeurde er toen?'

Lousman liet al zijn verzet en hoop varen. 'Mijn zoon ging weg, heel gehaast. Hij zei dat hij alles wel zou regelen. Wat moest ik doen? Twee lijken lagen in een pand van mij, en mijn zoon wist daar overduidelijk meer van af.'

Hij verborg zijn hoofd in zijn handen.

'Dus daarom zei u ons niets? En liet u ons denken dat Robert misschien een van de slachtoffers in de woning was?'

'Ik ben een vader die alleen maar voor zijn zoon opkomt, meneer Van Opperdoes. Vergeeft u mij dat, alstublieft.'

Van Opperdoes knikte traag.

'Heeft uw zoon die twee mannen vermoord?'

Het bleef lang stil. Weer ontweek Lousman de blik van de rechercheurs.

'Ik kan u alleen maar zeggen... op het moment dat mijn zoon hoorde dat de twee lichamen waren gevonden en hij wegging... keek ik in zijn ogen en herkende ik mijn zoon niet meer.'

Van Opperdoes wist genoeg. Hij keek naar Jacob, die met grote ogen de emotionele bekentenis van de makelaar had gevolgd.

In de Tuinstraat, voor de deur van Lousman, bleven de twee rechercheurs nog even staan. Veel puzzelstukjes waren op hun plek gevallen, zoals Van Opperdoes al had gehoopt.

'Robert Lousman heeft de twee Colombiaanse bolletjesslikkers opgepikt op Schiphol en ze ondergebracht in een leegstaand pand van zijn vader. Iets wat hij denk ik wel vaker had gedaan.'

Jacob knikte.

'Wel heel makkelijk. Ze hadden veel panden, die vaak leegstonden. Zo kon hij steeds een ander pand nemen en viel het ook niet op. Een erg lucratief bijbaantje.'

'Bijzonder lucratief,' beaamde de oude rechercheur. 'Stel je voor dat hij zoiets één keer in de maand deed. Dat valt niet op, een beetje drugskartel stuurt dagelijks bolletjesslikkers.'

'Eén keer in de maand komt een zending niet aan. Dat zien ze als een bedrijfsrisico. Daar gaan ze niet eens achteraan. Er is cocaïne zat in Colombia...'

Van Opperdoes wandelde de Tuinstraat uit, in de richting van hun auto.

'Toch honderdduizend euro per keer, dat is de moeite waard voor Robert Lousman om een groot risico voor te nemen.'

'Denk je dat hij die twee Colombianen heeft vermoord?'

Van Opperdoes zweeg en dacht na. Hij koos zijn woorden voorzichtig. 'Hij wist er in ieder geval van, want hij was niet verbaasd te horen dat er twee lijken in die woning lagen. Hij was alleen verbaasd dat iemand ze had ontdekt.'

De telefoon van Jacob rinkelde. Hij nam op en voerde een kort gesprek. Gehaast liep hij voor Van Opperdoes uit naar de auto.

'We moeten naar het bureau.'

In de recherchekamer zat Ton van Maan met een geheimzinnige glimlach op z'n gezicht te wachten. Jacob kwam de kamer al in, terwijl Van Opperdoes langzaam de trap op liep.

Ton overhandigde Jacob een plastic mapje. 'Je had gelijk, Van Opperdoes.'

De twee rechercheurs staarden door het plastic naar een klein papiertje, waarop een Amsterdams adres stond geschreven.

'Dit had een van de Colombianen in zijn spijkerbroek verstopt zitten. In een extra zakje dat in de voering genaaid zat, goed verborgen en waterdicht. Daarin zat dit adres, op de achterkant staat een mobiel telefoonnummer. Dit was trouwens het enige wat hij bij zich had. De rest hadden de moordenaars al weggehaald.'

'Zo zeg... dat is mooi...' mompelde Van Opperdoes tevreden. 'Hier moesten ze dus naartoe.'

Hij dacht diep na. 'Tijd voor een list, jonge vriend.'

Hoofdstuk 16

Een paar uur later liepen twee Zuid-Amerikaans uitziende mannen door de Westerstraat en hielden halt bij een leegstaand schoolgebouw. Ze keken een beetje om zich heen en belden vervolgens met een mobiele telefoon.

Na een paar minuten verscheen een man in de Westerstraat, die enkele snelle woorden met hen wisselde. De man keek spiedend om zich heen en wenkte de twee hem te volgen.

Hij verdween achter het hek van de school, dat toegang verschafte tot een binnenplaats. Daar verdwenen de drie mannen in het in onbruik geraakte pand. De man nam hen mee naar de goed afgesloten en beveiligde kelder van de school, waar ze door een grote ruimte liepen waar allerlei apparatuur stond om verdovende middelen te verwerken. De cocaïne die uit bolletjes werd gehaald, werd hier verder versneden en vanuit de kelder getransporteerd door het hele land. Er lagen pakken verdovende middelen opgestapeld.

De man, die zich Hector noemde, liet de twee Colombianen in een kamer wachten waar twee grote toiletpotten stonden, en deed de deur achter hen op slot. Hij liep naar een andere kamer in het schoolpand, waar hij een kort gesprek voerde met een wat oudere man, die hij aansprak met

Adriaan. In de enorme ruimte scharrelde nog een man rond in een zwart jack, die wat onduidelijke dingen aan het doen was met gasflessen en leidingen.

De twee Colombianen inspecteerden het slot van de kamer waar ze in opgesloten zaten. Normaal gesproken zouden de twee mannen hier een dag of twee moeten doorbrengen, om alle bolletjes uit hun lichaam te persen. Maar deze twee Colombianen hadden heel andere plannen.

Precies vier minuten nadat de twee Colombiaanse mannen – die beiden eigenlijk politieagenten uit Amsterdam waren – het teken hadden gegeven, blies het arrestatieteam de stalen toegangsdeur van de kelder open en stormde naar binnen. Een totaal verraste Hector werd tegen de grond gewerkt, nog voordat hij kans had zijn wapen, een enorm groot pistool dat hij achter in zijn broeksband had zitten, te trekken.

Adriaan de Kooning, die schreeuwde onschuldig te zijn, werd met een zak over zijn hoofd op zijn knieën op de grond gedwongen.

De man met het zwarte jack zat met grote ogen van schrik in een hoek van de kelder. Hij hield zijn handen omhoog, voordat ook hij tegen de grond werd gewerkt en hardhandig de boeien om kreeg.

'Ik heb er niks mee te maken, ik heb er niks mee te maken,' brulde hij ondertussen.

'Bek houden!' beval de indrukwekkende chef van het arrestatieteam. Toen de man gefouilleerd werd, kwam ook bij hem een verborgen wapen tevoorschijn.

'Nee, je hebt er inderdaad niks mee te maken,' reageerde de chef schamper. 'Blijf jij maar lekker zitten, vriend.'

Toen het sein 'veilig' werd gegeven, kwamen Van Opperdoes en Jacob de kelder van de school in gelopen.

De chef van het arrestatieteam hield de twee wapens in plastic zakken omhoog en toonde de wapens aan Van Opperdoes. 'Deze wapens hadden ze bij zich.'

Van Opperdoes knikte en bestudeerde een van de twee wapens nauwkeurig. 'Dit lijkt me precies het kaliber waarmee Robert Lousman is doodgeschoten. Dat andere wapen is veel te groot, zelfs nog groter dan het wapen waarmee de Colombianen zijn vermoord. Van wie is dit kleine wapen?'

De chef wees op de man met het zwarte jack, die nog op zijn knieën op de grond zat. Van Opperdoes maakte een gebaar en de chef trok de zak weg van het hoofd van de man. Knipperend tegen het plotseling felle licht keek de man op naar Van Opperdoes.

'En zo...' zei Van Opperdoes toen hij het gezicht van de man zag, '... valt het laatste stukje van de puzzel op z'n plek.'

De man in het zwarte trainingsjack werd door een agent de verhoorkamer in gebracht. Hij keek gespannen om zich heen voor hij ging zitten. 'Ik heb niets te verklaren.'

Van Opperdoes trommelde met zijn vingers op de tafel.

'Natuurlijk, dat is uw goed recht. Mogen we wel weten hoe u heet? U hebt bij uw inboeking als arrestant gezwegen.'

Hij moest er even over nadenken, maar kwam al snel tot de conclusie dat de politie daar toch wel achter zou komen.

'Mijn naam is Frits van Houthem.'

'Dat is mooi, meneer Van Houthem. Wilt u wel een paar vragen beantwoorden?'

Frits haalde zijn schouders op.

'Hoe lang ben jij al klusjesman bij makelaar Lousman?'

'Een jaar of wat.' Frits kauwde nadenkend op een plak kauwgom. 'Hoe weet jij dat trouwens?'

Van Opperdoes glimlachte. 'In het kantoor van jouw baas

hangt een foto van het hele personeel. Daar sta jij ook op.'

'Scherp opgemerkt.'

'Ieder z'n vak, Frits. Jij werkt als klusjesman en in je vrije tijd ben je actief in de criminele organisatie van Adriaan de Kooning. Wat doe je daar precies? De bolletjesslikkers eten en drinken geven? Cocaïne vervoeren door de stad, in je busje?'

Frits zweeg, maar zijn ongemakkelijke houding verraadde dat Van Opperdoes de spijker op zijn kop had geslagen met zijn opmerkingen.

Jacob legde een foto op tafel. 'Je had sleutels in je zak, toen je werd gearresteerd. Is dit busje, dat twee straten verderop stond, van jou?'

Frits nam de foto in zijn handen. Een wit bestelbusje dat geparkeerd stond in de Egelantierstraat.

'Is dit het busje waarmee je de lijken hebt weggehaald, samen met Robert Lousman?' vroeg Van Opperdoes zacht.

Frits deed demonstratief zijn armen over elkaar.

'Wat dacht je eigenlijk? Ik werk voor Adriaan de Kooning, maar zo één keer in de maand kan ik zelf wel een vrachtje bolletjes onderscheppen? Een mooi samenwerkingsverband met de zoon van je andere baas, die ook van geld hield?' vroeg Jacob scherp.

Frits perste zijn lippen op elkaar.

Van Opperdoes stelde zijn vragen heel rustig. 'Waar ging het fout, Frits? Raakte Robert Lousman in paniek? Wilden de bolletjesslikkers vluchten?'

'Ik wil een advocaat spreken,' zei Frits, maar iets in zijn stem brak.

'Frits... het wapen dat je bij je had, een wapen met klein kaliber, is het wapen waarmee Robert Lousman is vermoord. Ik weet zeker dat jij hem daarmee hebt vermoord, ook de bandensporen die we hebben gevonden op de plek waar Robert lag, komen overeen. Maar die twee Colombianen in de Tweede Goudsbloemdwarsstraat... Frits... dat was jij niet. Die heb jij niet vermoord. Waar of niet?'

Het duurde een volle minuut, maar toen zakte Frits' lichaam onderuit en schudde hij langzaam zijn hoofd.

'Dat was ik ook niet. Dat was eigenlijk een dom ongelukje. Robert had dat stomme pistool ergens gekocht... weet ik veel waar. En ineens hadden die Colombianen door dat ze in het verkeerde pand zaten. Eén van hen was al een keer in Nederland geweest. Die kende Adriaan ook. Hij begon te dreigen, kwaad te worden, blufte dat Adriaan de Kooning ons wel zou vinden. Het liep helemaal uit de hand...'

Frits nam een slokje water uit het plastic bekertje dat voor hem stond, voor hij verderging.

'Want toen ging Robert ook dreigen. Met dat overdreven grote pistool van hem. Tjonge jonge, wat een vertoning was dat, de zoon van een makelaar die mee wil spelen met de grote jongens, maar nog nooit een wapen in zijn hand heeft gehad. Voor hij het wist ging er een schot af.'

Frits zweeg even, en haalde zijn schouders op.

'En toen nog een... hij moest wel. We hebben ze eerst laten liggen, ik moest wat regelen met vervoer en zo. En in de tussentijd geeft een of andere muts in het kantoor de sleutel af aan een nieuwe huurder, die de lijken ontdekt. Stomme pech. Stomme, stomme pech...'

Van Opperdoes legde een foto van het wapen dat Frits bij zich droeg op tafel.

Frits haalde diep adem en bekeek de foto.

'Ja, dat is hem... en ik heb Robert daarmee vermoord. Ik moest wel. Robert zei dat als de lijken ontdekt zouden worden, ik de schuld van die twee moorden op me moest nemen. Dat ik zou bekennen dat ik die moorden had gepleegd en niet hij, anders zou hij me verraden bij Adriaan de Kooning. Dan zou hij zeggen dat ik drugs van de grote baas achteroverdrukte. En je weet wat dat betekent...'

Hij maakte een gebaar met zijn hand langs zijn keel.

'Dus hij had me aan alle kanten klem. Wat moest ik doen? Beter een paar jaar de bak in voor een moord die ik niet had gepleegd, dan op de bodem van een rivier met een blok beton aan m'n been. Ik moest wel. Dus het was simpel. Hij of ik. De stomme idioot...'

Een zware stilte viel na de bekentenis van Frits. Van Opperdoes nam de foto's van de tafel en stond op.

'We zullen je advocaat bellen en je bekentenis in een proces-verbaal verwerken.'

Hij knikte ten afscheid. Een agent nam Frits mee.

Van Opperdoes veegde met zijn handen langs zijn slapen.

Hij gaf Jacob een hand.

'Goed gedaan, Jacob. Dank je wel.'

Jacob legde zijn hand op de schouder van de oude rechercheur.

'Mooi speurwerk, collega.'

Hoofdstuk 17

Carlo kwam de deur van café Papeneiland uit, maar draaide zich haastig weer om. Op het terras zat Peter van Opperdoes, wat onwennig, maar tevreden. Carlo ging een stuk warm appelgebak halen en zette de lekkerste kop koffie die hij ooit had gezet.

'Kijk eens...'

Van Opperdoes nam de koffie dankbaar aan. Carlo keek even naar hem, maar zei niets. Het zou het moment alleen maar verpesten, bedacht hij zich, en verdween weer café Papeneiland in.

'Zit je goed?' hoorde hij een stem.

'Hm, hm...' bromde Van Opperdoes.

'Mooi opgelost, die zaak. Vond je het wat?'

Van Opperdoes keek tegen de zon in.

'Een prachtzaak, echt waar. Er zat van alles in. Een mooi en onvoorstelbaar toeval bijvoorbeeld, dat Walter met de politieboot nou net besloot om op die onbereikbare plek te gaan kijken waar die twee Colombianen lagen.'

Van Opperdoes hoorde een zacht gegiechel.

'Toeval bestaat, zei je toch?'

'Dat is waar... dat is absoluut waar. Dank je wel,' zei Van Opperdoes glimlachend.

'Heel graag gedaan. Het was goed om je weer eens ouderwets aan het werk te zien,' zei zijn vrouw. Het bleef stil, en na een paar tellen voelde Van Opperdoes een zachte en voldane zucht in zijn rechteroor.

'Goh... wat is het gezellig zo, Peter. Ik ben blij dat we hier even zijn gaan zitten.'

Van Opperdoes keek naar rechts. De stoel naast hem, waar zijn vrouw zou hebben gezeten, had hij expres vrijgehouden.

De pers over *Een Rus in de Jordaan*:

'In veel opzichten lijkt *Een Rus in de Jordaan* een ouderwetse Baantjer, maar het is eerder een "Baantjer plus". Peter van Opperdoes wordt menselijker neergezet dan De Cock ooit is geweest... met Van Opperdoes in de hoofdrol heeft dit schrijversduo een goede Amsterdamse detective geschreven. Spannend, geloofwaardig en vol met humor' Jürgen Joosten, Ezzulia.nl (vier sterren)

'Fans van Baantjer zullen in de wolken zijn met *Een Rus in de Jordaan' Dagblad van het Noorden*

'Met rechercheur Peter van Opperdoes, die nog regelmatig met zijn overleden vrouw praat en zijn collega Jacob hebben Baantjer en De Waal twee personages neergezet waar we nog veel plezier aan kunnen beleven. Kortom, de samenwerking van Appie Baantjer en Simon de Waal kan een succes worden genoemd. Door de vlotte pen van Simon als aanvulling op de schrijfstijl van Appie is er een moderne Baantjer ontstaan' Misdaadromans.nl

'Zeer vlot en geestig geschreven' Maarten Moll, *Het Parool*